Elisabeth Zöller studierte Deutsch, Französisch, Kunstgeschichte und Pädagogik in München, Münster und Lausanne. Sie arbeitete fast 20 Jahre als Lehrerin an verschiedenen Gymnasien. Seit 1989 schreibt Elisabeth Zöller für Kinder und Jugendliche.
Im Programm der Fischer Schatzinsel sind von ihr schon viele Kinder- und Jugendbücher erschienen, unter anderem »Die Hotelbande: Das verschwundene Lexikon« (gebunden) und »Die Hotelbande: Der geheimnisvolle Schuhklau« (gebunden) sowie die Reihen »Die 5 Nervensägen« und »Wir 3 aus der Pappelstraße«.
Für ihr Jugendbuch »Anton oder die Zeit des unwerten Lebens« wurde Elisabeth Zöller 2005 mit dem Gustav-Heinemann-Friedenspreis ausgezeichnet.
Weitere Titel sind in Vorbereitung.

Dagmar Henze wurde 1970 in Stade geboren. Sie studierte in Hamburg Graphikdesign mit dem Schwerpunkt Kinderbuchillustration. Seit 1995 arbeitet sie für verschiedene Kinderbuchverlage. Für die Fischer Schatzinsel hat sie schon viele Bücher illustriert.

Elisabeth Zöller

Die Hotelbande

Das vermisste Schwein

Mit Bildern
von Dagmar Henze

Fischer Schatzinsel

Fischer Schatzinsel
www.fischerschatzinsel.de

Veröffentlicht im Fischer Taschenbuch Verlag,
einem Unternehmen der S. Fischer Verlag GmbH,
Frankfurt am Main, April 2007

Umschlagillustration: Dagmar Henze
Umschlaggestaltung: Buchholz / Hinsch / Hensinger
Satz: Pinkuin Satz und Datentechnik, Berlin
Druck und Bindung: Clausen & Bosse, Leck
Printed in Germany
ISBN 978-3-596-85234-5

Nach den Regeln der neuen Rechtschreibung

Inhalt

Milly und Zilly
oder
Ein Schwein im Hotel

»Mensch, Maxe, ist das ein süßes Schweinchen, schau dir das an!«
Das ruft Mia. Mia, der kleine Rotschopf, steht gerade hinter der Rezeption von Omas Hotel und hilft ein bisschen mit den Gästekarteien.
Kaum hat sie gerufen, flitzt auch schon ihre große Schwester Maxe die Treppe runter.
»Echt, ein Schwein! Ein echtes Schwein!«, staunt Maxe. Sie stellt sich neben das Schwein, versucht es ganz vorsichtig zu streicheln und fragt: »Darf ich?«
Das Mädchen, das das Schwein an einer roten Leine führt, nickt.
Maxe fragt als Nächstes: »Wie heißt du denn?«

»Wen meinst du?«, fragt das Mädchen und sagt übertrieben feierlich: »Milly und Zilly.« Das Schwein grunzt beim Streicheln und bewegt sein kleines Ringelschwänzchen. Das wippt auf und ab. »Zilly«, erklärt das Mädchen noch mal, »*mein* Schwein heißt Zilly.« Dann dreht sie sich um: »Und das ist mein Bruder Hein.«
Der blonde Junge, der hinter ihr steht, grinst etwas schief.

Das Schwein ist ein Hausschwein und trägt ein vornehmes, rotes Lederhalsband mit kleinen Glitzersteinen drauf. Zillys und Heins Eltern haben vorher angerufen und gefragt, ob sie in diesen Familienferien ihr Minischwein mitbringen könnten. Es sei das beste Schwein der Welt – im besten Schweinealter.

Das Schwein quiekt und stupst Milly mit der Schnauze an. Es zerrt an der Leine. Milly lässt sich in den Garten ziehen. Mia und Maxe schütteln nur den Kopf. Mia flüstert aufgeregt: »Unglaublich, ein echtes Schwein in unserem Hotel!«

Mia und Maxe sind fast neun und zehn Jahre alt und haben knallrote Ringellöckchen auf dem Kopf. Maxe, die ältere, die eigentlich Maximiliane heißt, ist draufgängerisch. Sie wagt alles.

Mia dagegen ist eher still und schüchtern. Sie heißt eigentlich Maria, aber sie fand ihren richtigen Namen zu altmodisch. Da hat sie sich kurz Mia genannt. Hat es allen mitgeteilt, hat auf Maria einfach nicht mehr gehört. Schwupps, war es allen klar.

Es sind Sommerferien. Und Mia und Maxe

sind wieder mal bei ihrer Oma, die einfach von allen Oma Moll genannt wird und die gleiche rote Lockenmähne hat wie ihre Enkelkinder. Oma Moll hat ein wunderbares Hotel. Im linken Flügel wohnen die vornehmen Geschäftsleute. Und aus dem rechten Flügel hat Oma Moll für diesen Sommer kurz entschlossen ein richtiges Familienhotel gemacht. Zum einen, weil die Sommerferien für Stadthotels leicht zu einer Durststrecke werden können, denn es sind nicht viele Geschäftsleute unterwegs; zum anderen aber – und das war für Oma Moll der Hauptgrund –, weil sie fand, dass Kinder einfach ganz wunderbar in ihr kleines Hotel mit dem großen Garten passen würden.

Im Winter hatte sie das Ganze mit Mia und Maxe besprochen. Die beiden wollten das Hotel nämlich später mal übernehmen, und deswegen war es auch nur gerecht, wenn sie alles gemeinsam besprachen, fand Oma Moll. Und auch wenn alle sagten: »Die Oma ist verrückt«, so hatten sie doch zusammen beschlossen, im rechten Flügel des Gebäudes ein Kinder-Ferien-Hotel aufzumachen.

Dafür hatte Oma Moll in diesem Flügel immer

je zwei Doppelzimmer durch eine Tür miteinander verbinden lassen, sodass die Eltern und die Kinder zwar ihre getrennten Räume hatten, aber doch ganz schnell beieinander waren, wenn sie wollten. Und die vornehmen Herren, die Geschäftsleute, die wohnten weiterhin im linken Flügel, wo sie ihre Ruhe hatten.

Aber wie sollte Oma Moll ihre Kinder- und Familienidee bekannt machen? Als Erstes hatte sie sich besondere Preise ausgedacht. Die Kinder schliefen für weniger als die Hälfte in ihrem Zimmer, sogar die Eltern bekamen einen günstigen Pauschalpreis für eine Aufenthaltsdauer von mindestens einer Woche. Das würde Gäste anlocken, hoffte Oma Moll.

Vorne an der Rezeption legte sie Prospekte aus, die sie extra hatte drucken lassen, und sie machte Werbung in Familienzeitschriften. Das war teuer. Hoffentlich lohnte sich das!

Und es gab noch so viel zu bedenken: Sollte Oma Moll auch den Frühstücksraum teilen, war das möglich? Da hatte sie eine wunderbare Idee: Das Familienfrühstück fand im Pavillon ab acht Uhr statt, das normale Frühstück wie bisher ab sechs Uhr im Frühstücksraum im Hotel. Ob sie das mit ihrem Personal schaffte? Mia und Maxe wollten helfen, hinten bei dem Familienfrühstück. Vielleicht konnten sie ja auch ihre Freunde Paule und Emil dafür gewinnen, bei den Spielen, Botengängen und allem anderen zu helfen! Dann wäre eigentlich alles perfekt, Martha in der Küche, Friedbert beim Bedienen und Maxe und Mia mit im Frühstücksraum oder an der Rezeption …

Hunderte von Dingen waren zu berücksichtigen. Auch Schilder mussten angebracht werden, damit klar war, dass der vordere Teil Kinderhotel war, der hintere für Geschäftsleute blieb. Wie drückte man das aus, ohne jemanden vor den Kopf zu stoßen? Familien konnten sehr empfindlich sein. Aber schließlich wollte Oma Moll ihren Geschäftsleuten weiter den ruhigen Hotelflügel bieten. Sie beriet sich mit Friedbert, dem Portier, und mit der dicken Martha, die in der Küche die wunderbarsten Gerichte zauberte. Alles wurde vorbereitet.

Schon bald kamen die ersten Anrufe! Oft begannen sie mit der Frage: »Dürfen wir einen Hamster mitbringen?«

Denn die meisten Familien wollten nicht nur mit ihren Kindern, sondern auch mit ihren Haustieren verreisen. Schließlich können Hunde, Hamster und Hasen ja nicht alleine zu Hause bleiben.

»Ist ein Papagei erlaubt?«, hieß es beim nächsten Anruf.

»Hunde bis zu welcher Größe?«

»Darf ein Affe mit ins Kinderzimmer?«

»Ist da etwa Pipi Langstrumpf?«, fragte Oma Moll lachend zurück.

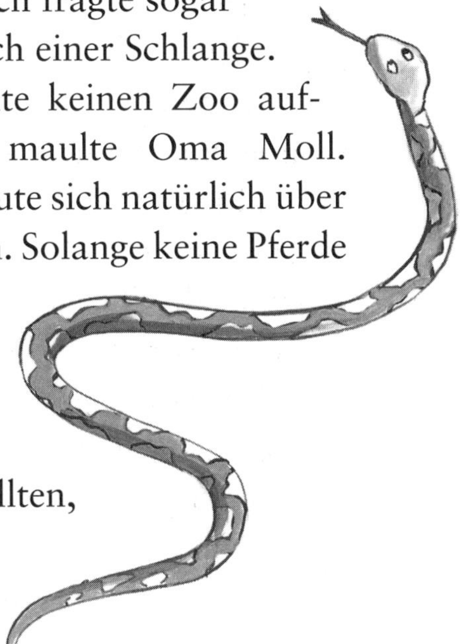

Schließlich fragte sogar einer nach einer Schlange.

»Ich wollte keinen Zoo aufmachen«, maulte Oma Moll. Aber sie freute sich natürlich über den Ansturm. Solange keine Pferde auf der Terrasse, Esel im Schuppen oder Ratten in den Zimmern schlafen sollten,

nahm sie erst mal alles an: Kinder, Mäuse, Kaninchen, Hamster. Keine Affen, das war denn doch zu viel des Guten, fand Oma Moll.
Doch da klingelte das Telefon erneut und eine Stimme fragte: »Nehmen Sie auch Schweine? Hier Familie Leonhardt.«
Leonhardt? Oma Moll öffnete sofort ihre Gästedatei. Da war er: Peter Leonhardt. Ein guter Kunde. Das war bestimmt seine Familie. Die durfte sie nicht verprellen. Trotzdem rutschte ihr heraus: »Wir sind ein Kinderhotel, kein Schweinehotel.«
Da sagte die Stimme am Telefon noch einmal: »Hier Familie Leonhardt.«
»Ja«, sagte Oma Moll, jetzt schon weicher, »ihr Mann kommt ja regelmäßig zu uns. Da ist es wirklich schön, auch seine Familie mal kennenzulernen.« Und sie fragte: »Was für ein Schwein ist das denn?«
»Ein Mini-Minischwein, ganz lieb. Heißt Zilly.«
Oma Moll musste fast lachen. Zilly war früher ein vornehmer Mädchenname und heute – der Name für ein Minischwein!
»Wie groß ist so ein Minischwein denn? Ich

habe nämlich keine Erfahrungen mit Schweinen«, hatte Oma Moll besorgt gefragt.
»Oh«, hatte die Frau gesagt, »ein süßes, kleines Schwein, das passt in einen Puppenwagen hinein.«
»Auch stubenrein?«, hatte Oma Moll ungewollt weitergereimt.
»Ja, stubenrein und klein und fein!« Da mussten beide lachen. Und als dann die Stimme noch sagte: »Wir werden uns bemühen, das Schwein genauso unauffällig zu halten wie einen Hund«, da hatte Oma Moll einfach ja gesagt.
Natürlich bellen Schweine nicht, das wusste sie. Schweine quieken, Schweine grunzen, Schweine können ganz schön laut sein, vor allem, wenn sie mit einer Sache nicht einverstanden sind. Dann machen sie Krach, bis sie ihren Willen kriegen. Aber schließlich kamen keine fünf Schweine, sondern nur eins. Und zwei Kinder, die sich um dieses eine Schwein kümmerten. Samt Mama und Papa.
Außerdem hatten sich für die gleiche Woche zehn weitere Kinder angemeldet. Zehn Kinder mit ihren Hamstern, Kaninchen und Hunden.

Sogar ein Papagei und eine Schlange waren angemeldet. Und die waren sicher allesamt lauter als das eine Schwein.

Alle ihre Freundinnen hatten zu Oma Moll gesagt: »Wie stellst du dir das vor? Bist du verrückt!«

»Willst du ein Kinderhotel oder eine Tierpension aufmachen?«

»Das wird ja laut und schmutzig …«

»… und lustig!«, hatte Oma Moll geantwortet und alle Zweifler mit ihrer typischen energischen Oma-Moll-Handbewegung zum Schweigen gebracht.

»Stimmt«, nickte eine und sagte: »Kinder sind ein Segen Gottes!«

Da zischte sofort die zweite: »Wenn sie anderen gehören.«

Oma Moll war wütend und erzählte Mia und Maxe davon am Telefon. »Erwachsene sind manchmal pupslangweilig«, hatte sie zu ihren Enkelinnen gesagt.

»Und Erwachsene sind pupsordentlich und superfade«, meinte Mia. Und dann flüsterte sie in den Hörer: »Aber du bist doch selbst erwachsen.«

»Aber ich bin eine Oma. Und Omas, Omas sind nicht mehr richtig erwachsen, die sind …«, sie überlegte, »… Quatsch- und Quasselomas, Kicheromas.«
»Pupsfidele Superomas mit tausend kringeligen Superideen.«
»Und deswegen nehmen wir jetzt Kinder und Tiere auf.«
»Auch wenn es mal hart wird.«
»Wir wollen Tiere und Quietschen, Lachen und Versteckspielen, Dreck und Kichern, Schreie und Knüffe.«
Und dann hatten sie einander am Telefon geschworen, dass sie das machten. Mama sagte: »Verrückt«, aber Papa lachte nur: »Unsere Oma spinnt mal wieder.«
Das alles war also im Winter gewesen.
Und jetzt ist es so weit: Draußen ist Sommer, und im Hotel lachen Kinder, bellen Hunde, quietschen Hamster – und quiekt ein Schwein.
Ein richtiges, echtes Schwein.

Oh Schreck!
oder
Das Schwein ist weg

»Oh Schreck, wir müssen zum Frühstück!«, ruft Mia, hüpft hoch hinter der Rezeption – das tut sie häufig, wenn sie aufgeregt ist – und rennt dann los zum Pavillon. Maxe flitzt hinterher. Schließlich müssen sie wie versprochen Friedbert und Martha beim Frühstück helfen. Sie tragen die Kakaokännchen zu den Tischen und füllen immer wieder das Büfett nach.
»Puh, wir sind zu spät. Peinlich!«, keucht Mia. Sie kommen am Pavillon an, wo das Familienfrühstück mit all den Kindern, zwölf sind es zurzeit, und mit all den Tieren, acht sind es zurzeit, stattfindet.
Friedbert und Martha warten schon. Mia und Maxe machen sich flugs fertig und los geht's.

Kleine weiße Schürzchen tragen sie, wie in feinen Cafés. Und die roten Haare sind hinten hochgesteckt, damit sie nicht während des Bedienens durch die Gegend wirbeln.
So geht es beim Frühstück hin und her: »Was darf es sein?« – »Der Kakao ist besonders gut!« – »Könnten Sie für das Schwein auch ein bisschen Wasser bringen?« – »Wissen Sie, was Schlangen fressen?« Ein kleiner Junge zeigt dabei auf eine Familie, die eine Schlange mitgebracht hat. Der Junge kichert. Mia hat ein bisschen Angst vor der Schlange, aber das will sie vor dem Jungen natürlich nicht zeigen. Hoffentlich will die Schlangenbesitzerin nicht noch, dass sie die Schlange füttert! Sie dreht sich um, und schwups!, ist sie weg.
»Ich will heute nur Nutella!« – »Sahne ess ich nicht, bäh.« – »Das ist sooo gemein, Milly darf Eis und ich krieg nur 'nen Apfel!« Das ist Hein, der das sagt. Hein, der Bruder von Milly, der Schweinebesitzerin. Die Familie ist inzwischen auch vollständig im Pavillon eingetroffen.
»Aber Hein«, sagt die Mutter, halb vorwurfsvoll, halb beschwichtigend, »du weißt doch,

dass du nicht so viel essen darfst. Du wirst einfach zu dick!«
Mia und Maxe werfen sich einen raschen Blick zu. Ganz schön ungerecht ist das! Vielleicht ist Hein ein bisschen pummelig, aber dick ist er wirklich nicht. Und bloß, weil seine Schwester dünn ist wie eine Bohnenstange, darf sie so viel Süßkram futtern, wie sie will – und Hein muss zugucken! »Gemein«, flüstert Mia und stupst Maxe in die Seite.
»Buh-hu!« Ein kleines Mädchen mit rotem Röckchen schreit, weil es mit dem Kopf an die Tischkante geknallt ist. Mia ist sofort bei ihr, aber da kommt auch schon die Mama. Sie nimmt ihre Kleine liebevoll in den Arm, streichelt über die wehe Stelle und singt *Heile, heile Gänschen*. Das Mädchen hört bald auf zu schreien.
Von draußen blitzt die Sonne durch, es ist schon schön warm. In zwei Tagen, also am Sonntag, wollen Mia und Maxe für die Kinder einen Spielenachmittag im Garten organisieren. Das war eine Idee von Oma Moll. Mia und Maxe sind schon ganz aufgeregt. Was sie dafür noch alles vorbereiten müssen! Eierlauf wollen sie

machen, mit echten Eiern! Das ist nämlich viel lustiger, und weil sie draußen im Garten sind, ist es auch nicht so schlimm, wenn mal eins – platsch! – kaputtgeht. Sackhüpfen wollen sie machen. Aber es muss noch mehr werden. Vielleicht noch etwas mit Tieren? Etwas Spannendes, wo alle ihre Tiere mitbringen können. Aber was genau, das müssen Mia und Maxe sich noch überlegen.
In diesem Augenblick gehen Hein und Milly hinaus. Milly hat das Schwein auf dem Arm, das quiekt und strampelt. Dem Schwein war

es eindeutig zu unruhig im Frühstücksraum, es will lieber in seine Kiste. Hein will es beruhigen, aber Milly zankt: »Finger weg! Das ist mein Schwein!«
Mia zieht die Nase hoch, kräuselt sie. Sie weiß nicht so recht, was sie von so einer Milly halten soll. Wenn die schon so anfängt! Gut, Mia kennt sie noch nicht lange, schließlich ist die Familie gerade erst angereist. Aber bisher war Milly ganz schön zickig …
Das Schwein zappelt und quiekt weiter. Milly kann es gar nicht mehr auf dem Arm halten. Außerdem bringt Friedbert gerade eine große Schale mit frischen Schokoberlinern herein. Da lässt Milly ihr Schwein runter, drückt dem Hein die Leine in die Hand und sagt: »Geh doch schon mal vor. Außerdem darfst du doch sowieso keine Schokolade …« Hein wird knallrot, nimmt die Leine und zuckelt mit dem quiekenden Schwein davon.
Er rennt mit ihm einmal über den Rasen, dann geht er in Richtung Haus. Zufällig schaut Maxe aus dem Fenster. Eigentlich wollten Milly und Hein das Schwein nach oben bringen, das muss Hein jetzt alleine machen. Maxe

sieht gerade noch, wie er mit dem Schwein ins Hauptgebäude läuft. Milly hat sich schon wieder auf ihren Platz gesetzt und futtert weiter: »Hmmm! Schokoberliner, lecker.«
Der Papa sagt: »Milly, du wolltest das Schwein haben. Du musst dich auch drum kümmern.«
»Aber der Hein nimmt es mir doch immer weg.«
»Das stimmt nicht. Der Hein will das Schwein doch nur kurz haben, für ein paar Minuten, eine Viertelstunde. Du weißt ganz genau, eigentlich ist es dein Schwein.«
»Hast du das gehört?« Mia ist total empört. »Warum denn, bitte schön, hat diese eingebildete Milly ein Schwein und Hein hat keins?«
»Kann doch sein«, überlegt Maxe, »dass Milly sich das Schwein einfach zu Weihnachten gewünscht hat. Oder zum Geburtstag. Ist doch möglich. Oder?«
Mia kräuselt ihre Nase. Das ist immer so, wenn sie ein Problem hat. Und sie hat eins. Und wie! Sie hat da so ein kribbeliges Bauchgefühl, das sagt: ungerecht!
Maxe geht in die Küche und stopft sich ganz schnell einen Schokoberliner in den Mund.

Schokoberliner hat Martha extra für die Kinder erfunden: innen Nutella, außen Schokoladenglasur und ein paar Smarties obendrauf. Die gibt es beim Kinderfrühstücksbüfett jeden Morgen. Und alle stürzen sich drauf! Dabei sind die Berliner ein bisschen kleiner als normal. Dafür aber umso leckerer und klebriger. Maxe schluckt und leckt sich die Finger ab. Mia schaut in der Zwischenzeit nach, ob alle Familien genug zu trinken haben.
Da kommt Hein zurück, bedient sich am Büfett, stopft sich blitzschnell einen Schokoberliner in den Mund und türmt zwei Brötchen auf den Teller. Die Mama schaut Hein böse an, aber bevor sie etwas sagen kann, steht Milly auf. Sie sagt zu ihrer Mama: »Ich schau mal nach dem Schwein.« Und Hein fragt sie: »Hast du es in den Korb gebracht?«
»Klar«, sagt Hein. »Sitzt im Korb.«
Da setzt sich Milly doch noch mal einen Augenblick hin. Die Eltern besprechen etwas. Sie machen gemeinsam einen Plan für die nächsten Tage und winken Maxe und Mia an ihren Tisch: »Übermorgen ist doch der Spielenachmittag?«
Maxe nickt.

»Können wir auch ins Dinosauriermuseum gehen?«, fragt Hein.
»Klar«, sagt der Papa. Er dreht sich zu Maxe um und fragt: »Weißt du, an welchen Tagen das offen ist?«
»Ich glaube«, sagt Maxe, »an allen, außer montags. Da sind alle Museen zu.«
»Dinosauriermuseum verspreche ich«, sagt Papa Leonhardt. So heißt die Familie nämlich.
»Aber Hein, wir müssen jeden Tag Diktat üben«, sagt die Mutter. »Das Bibliothekszimmer hier im Hotel ist ja zum Glück immer offen.«
»Leider«, murmelt Hein.
Da steht Milly einfach auf und geht.
Danach reden Mama und Papa Leonhardt so leise, dass Mia und Maxe nichts mehr verstehen können. Sie müssen ja auch bedienen. Klar.
Eine andere Familie sitzt da mit einem Papagei. Der hockt auf der Schulter eines kleinen Mädchens, das Jana heißt, und sagt immer: »Lecker, lecker, Brötchen«. Laut ruft er durch den Raum, schreit und keckert. Jana gibt dem

Papagei von dem »lecker, lecker, Brötchen« ein Stückchen ab.
Die Mutter sagt: »Vorsichtig, Jana, du weißt, dass er nicht zu viel solcher Sachen fressen darf.«
Jana nickt: »Keine Angst, Mama.«
Dass der Papagei nicht wegfliegt! Mia hat sich gestern schon gewundert. Der bleibt einfach ganz lieb auf Janas Schulter sitzen.
»Ist eben gezähmt«, sagt Maxe zu Mia als Erklärung. Maxe weiß, dass sich gezähmte Tiere wie Hunde und Katzen anpassen. Die machen viel mit – und mit Begeisterung!
In diesem Augenblick stürzt Milly in den Frühstücksraum und ruft schon in der Eingangstür: »Das Schwein ist weg! Zilly ist weg!« Alle gucken sich an, bestürzt, aber auch ein bisschen ungläubig. »Wirklich, mein Schwein ist weg! Bestimmt hat der Hein die Tür nicht richtig zugemacht!«
»Das kann nicht sein«, antwortet Papa Leonhardt.
»Doch, es ist weg.« Milly hat Tränen in den Augen. Sie legt ihren Kopf an Papas Schulter. Sie schluchzt. »Papa, ich hab überall nach-

geschaut, das Schwein ist nicht da. Nicht unter meinem Bett, nicht unter Heins Bett. Auch nicht hinter der Kommode, hinter dem Sessel. Nirgendwo ist das Schwein. Der Korb ist leer, alles leer.« Verzweifelt stößt sie das aus, Milly ist richtig traurig.
Papa fragt: »War die Zimmertür denn zu?«
Milly nickt.
Mama sagt beruhigend: »Hast du auch wirklich richtig geguckt?«
»Mein Schwein ist weggerannt«, schluchzt Milly, »meine Zilly.«
»Du hast dich verguckt«, Papa Leonhardt klopft Milly auf die Schulter.
Da quietschen draußen Bremsen. Alle im Raum halten die Luft an. »Mein Schwein!« kreischt Milly und rennt raus. Papa hinterher. Aber es ist kein Schwein zu sehen.
»Fehlalarm«, sagt Papa Leonhardt, als sie wieder reinkommen
»Wir müssen erst einmal richtig suchen«, meint Mama. Milly weint. Mama und Papa Leonhardt, Milly und auch Hein stehen auf und gehen hoch in ihr Zimmer. Zusammen wollen sie noch einmal alles ganz gründlich absuchen.

Bestimmt hat sich das Schwein nur irgendwo versteckt oder es hat in einer Ecke geschlafen, und Milly hat es einfach übersehen.
Alle anderen im Frühstücksraum fangen allmählich wieder an, sich normal zu unterhalten und weiterzuessen.
»Wo kann denn so ein Schwein sein?«, fragt die Papageienmutter.
»Auf jeden Fall kann es sich nicht in Luft auflösen!«, sagt eine dicke Oma, die mit der Familie mitgereist ist.
Mia, die gerade Käse serviert und eine große Platte mitten auf das Frühstücksbüfett stellt, flüstert Maxe zu: »Ich glaub, das wird ein neuer Fall. Ist so ein Gefühl!«
»Hilfe, ein neuer Fall«, Maxe rauft sich die Haare. Sofort nimmt sie ihre Hände wieder herunter. Oma Moll hat ihnen extra erklärt: Wenn man serviert, darf man sich nicht zwischendurch durch die Haare fahren. Das mag kein Gast. Also nimmt sie die Hände herunter und flüstert Mia zu: »Schweine suchen wollte ich schon immer.«
»Kann aber kompliziert werden. Stell dir mal vor, wo das überall sein kann ...«

»Ein Schwein verdampft doch nicht«, beide stehen da und kichern.
Da stößt Friedbert sie an und sagt: »Die da hinten haben keinen Kakao, die rufen schon die ganze Zeit.«
Sofort rennen beide los, oje, das haben sie gar nicht gesehen.
Ein neuer Detektivfall! So schwirrt es durch ihren Kopf.
Ein vermisstes Schwein!

Suche hier, suche dort
oder
Das Schwein bleibt leider fort

»Meine lieben gestreiften Hotelkinder«, das hatte Oma Moll letzten Sommer jeden Morgen gesagt, wenn sie Mia und Maxe mit ihren gestreiften Nachthemden im großen Bett weckte. Und in diesem Jahr haben sie oft gestreifte T-Shirts an. Da kann Oma Moll das auch tagsüber sagen: »Meine lieben gestreiften Hotelkinder!«
Und als die beiden jetzt angerannt kommen zur Rezeption und Oma von dem Schwein erzählen wollen, das weg ist, da nimmt Oma sie wieder in den Arm und sagt: »Ihr beiden, meine lieben gestreiften Hotelkinder.« Und normalerweise kuscheln Mia und Maxe auch gerne mit Oma. Aber doch nicht jetzt! Das Schwein ist weg!

Sie sind viel zu aufgeregt und sie müssen Oma sofort alles erzählen.
Vorsichtig will Maxe sagen, dass das bestimmt ein neuer Detektivfall wird. Spannend! Aber Oma wird seufzen, tief und heftig, und ihre rote Lockenmähne schütteln. Denn immer, wenn ihre Enkelinnen kommen, geht's los. Oma wehrt sich dagegen. Aber Mia und Maxe finden das supertoll. Ferien bei Oma sind immer Detektivferien.
»Aber ein Schwein kann doch nicht verschwinden!« Oma steht da in ihrem violetten langen Kleid, rauft sich die roten Ringellocken.
»Kann auch nicht«, sagt Mia.
»Ein Schwein kann nicht verschwinden«, meint Maxe jetzt auch trocken. »Deshalb hat Milly entweder nicht richtig geguckt …«
»Das glaube ich nicht«, sagt Mia schnell.
»Ich auch nicht«, Maxe nickt. »Oder es ist einfach weggerannt im Schweinsgalopp, als das Zimmermädchen kam. Dann ist es irgendwo im Haus, dann müssen wir es suchen. Und zwar sofort.« Oma nickt nun auch.
»Oder es ist vor ein Auto gerannt. Brems. Quietsch. Kratsch.«

»Du bist gemein!«

Da kommen Emil und Paule ins Hotel. Na, endlich! Maxe und Mia waren schon ungeduldig. Die beiden Jungs kommen fast jeden Tag, sie helfen Oma Moll ein bisschen im Hotel, und vor allem sind sie natürlich mit Maxe und Mia befreundet. Dabei ist Paule besonders mit der Maxe befreundet. Und alle vier sind die Hotelbande.

Sofort überlegen sie mit. »Vielleicht hat es ein Tierschützer mitgenommen. Der nicht wollte, dass das Tier gequält und eingesperrt wird, hier im Hotel.« Das ist Paule.

»Oder der Metzger an der Ecke. Der macht gerade Wurst daraus.« Emil wollte einen Witz machen, aber diesmal lacht keiner. Mia und Maxe schnaufen vor Entsetzen.

»Iiiih, du bist so gemein. So was darf nicht passieren! Das gibt's doch gar nicht. Du bist sooo gemein.« Das war Paule. Paule Detektiv hatte natürlich sofort erfasst, dass das zu weit ging.

»Klarer Fall: ein neuer Fall!«, rufen alle vier.

Oma Moll rauft sich die Haare. Nicht nur wegen des Detektivfalls. Sie braucht die vier.

Gerade jetzt, in den ersten Wochen, sollten sie doch helfen beim Familienhotel! Das hatten sie einander geschworen!
»Ich brauche euch aber hier für die Kinderferien. Ihr wisst ja, ihr habt mir versprochen, beim Spielenachmittag und auch morgens bei der Bedienung zu helfen. Sonst hätte ich mir das alles gar nicht erlauben können.«
Da fällt Mia ihrer Oma um den Hals: »Oma, du weißt doch: Versprochen ist versprochen und wird nicht gebrochen. Wir helfen dir natürlich trotzdem!« Und sie dreht sich zu den anderen um und sagt: »Also, packen wir's an. Und wir packen beides. Oma und Detektivfall. Klar!« Sie zwinkert den anderen dreien zu.
Aber zuerst müssen sich die Detektive genau überlegen, wie sie vorgehen wollen. Paule zeigt auf den Hotelplan an der Wand, der als grobe Skizze für die Fluchtwege hinter der Rezeption hängt, und meint dazu ganz sachlich: »Als Erstes müssen wir alle Räume im Hotel absuchen, klar wie Kloßbrühe.«
»Und auch die Straßen müssen abgesucht werden. Vielleicht ist das Schwein schon draußen, außerhalb des Hotels. Und ein Schwein kann

überfahren werden. Klar wie Kloßbrühe.« Das war Emil.
In dem Augenblick kommen die Milly-Eltern, Hein und Milly die Treppen von oben heruntergestürzt. Sie drängeln sich sofort an der Rezeption, um den Schweinefall zu melden. Oma Moll hört ganz genau zu und schreibt mit, tröstet und sagt: »Wir werden alles tun, was in unseren Kräften steht, damit ihr Schwein so schnell wie möglich wieder gefunden wird.«

Mia, Maxe, Paule und Emil sind schon längst nach oben gehuscht. Sie fangen sofort an, vom Dachboden bis zum Keller alles ganz, ganz gründlich zu durchsuchen.
Auf dem Dachboden sind Fußspuren zu sehen. Emil nimmt einen Abdruck. Das sind allerdings keine Schweinetapsen, nur Schuhabdrücke, die sich irgendwo zwischen all den großen Schränken, den Kisten und Körben und dem ganzen Gerümpel verlieren.

»Wer weiß, wer hier oben war«, grübelt Emil.
»Und wer weiß, von wann die Fußabdrücke wirklich stammen«, seufzt Paule. »Bei dem Staub hier können die schon uralt sein …«
»Ein Schwein kann sowieso nicht durch die Tür«, meint Maxe.
»Stimmt«, meint Emil, »vor allem war sie abgeschlossen, als wir gerade gekommen sind, und ein Schwein kann wohl kaum den Schlüssel umdrehen …«
Also streifen die vier weiter durchs Haus. Nach dem Dachboden ist die obere Etage an der

Reihe. In jeder Etage ist ein Zimmer, ein kleines, für die Wäsche. Da schauen sie unter jeden Stapel, bis hinten in die Ecken, hinter die vollen Altwäschesäcke und die Müllsäcke. Nichts tut sich. Kein Schwein in Sicht!

Maxe guckt auch in ein Zimmer, das unbewohnt ist und zu dem die Tür nur angelehnt ist. Sie schaut unter die Kommode, hinter den Sessel, unter den Fernsehtisch und sogar unter die Bettdecke.

»Du spinnst ja. Ein Schwein legt sich doch nicht ins Bett!« Das war Mia, die den Kopf zur Tür hereingesteckt hat.

»So ein Schwein quietscht doch auch, das bleibt doch nicht einfach stumm irgendwo sitzen«, meint Emil.

»Wer weiß, vielleicht spielen Schweine ja gerne Verstecken?«, Paule grinst.

»Genau, und jetzt sitzt es hinter dem Vorhang und freut sich, dass wir zu blöd sind, es zu finden!«, stimmt Maxe lachend zu.
Aber Paule wird schnell wieder ernst: »Mal ehrlich, wir müssen uns natürlich auch kundig machen als echte Detektive, wie Schweine sich so verhalten. Da muss man sich auskennen.«
Inzwischen sind sie schon in der zweiten Etage. »Außerdem müssen wir wissen, was sie fressen.«
»Also müssen wir unser Detektivzimmer einrichten, mit allem Drum und Dran.« Das ist Emil.
»Puh«, Mia fasst sich an den Kopf. Und sie sagt stöhnend: »So ein Detektivfall, schon wieder.« Aber sie strahlt dabei und man merkt ihr an, dass sie doch froh ist.
Jetzt sind sie schon in der unteren Etage. Dort gehen die Zimmer direkt in den Garten, natürlich nur, wenn man die Terrassentür aufmacht. Aber dann sind die Zimmer offen! Und eines dieser Zimmer steht leer, beide Türen – Eingang und Terrasse – sind nur angelehnt, vermutlich wollte das Zimmermädchen mal richtig durchlüften.

»Vielleicht ist das Schwein da rausgerannt«, überlegt Maxe.
»Ist sogar das Wahrscheinlichste«, meint Emil.
»Dann müssen wir den ganzen Garten bis in den hintersten Winkel absuchen«, stimmt Paule zu.
»Sollen wir nicht erst Pläne machen?« Alle stehen da und nicken. Beim ersten Suchen haben sie keine Spur gefunden. Noch nicht mal ein Fitzelchen, keinen einzigen Schweinekrümel. Nichts, das in einer Ecke läge und nach Schwein aussähe. Gar nichts. Auch nicht die geringste Spur. Das Schwein ist und bleibt weg.
Paule schlägt vor, dass sie erst einmal ins Detektivzimmer gehen.
»Quatsch«, meint Mia, sie stemmt die Hände in die Hüften, »wir müssen erst hier draußen alles absuchen. So ein Schwein, wenn das im Schweinsgalopp davonläuft, dann ist das schweineschnell. Also müssen wir zuerst Straßen, Garten, Haus, alles, alles absuchen, bevor wir überhaupt an das Detektivzimmer denken können.«

Paule wiegt seinen Kopf hin und her.
Eigentlich hat sie recht, die Mia. Emil nickt auch. Er sagt: »Klarer Fall, erst alles absuchen. Wenn das Schwein weggerannt ist, müssen wir es so schnell wie möglich wieder einfangen.«
»Bevor es unters Auto kommt.«
»Bloß das nicht! Wenn ich an die Milly denke, die kriegt ja einen halben Anfall.«
»Zu Recht«, brummt Mia.
»Würde ich auch kriegen«, meint Maxe und kräuselt dabei ihre Nase.
»Also, wie sollen wir vorgehen?« Mia wirft ihren Lockenschopf zurück, Maxe kräuselt weiter ihre Nase und teilt einfach auf.
Paule und Emil sollen hinten im Garten suchen, Mia und Maxe nehmen sich vorne die Straßen vor. In einer halben Stunde Treffpunkt an der Rezeption. Dann wird neu aufgeteilt. Aber jetzt ist ein Schnelltrupp, eine Schnellsuche erforderlich.

Paule und Emil laufen durch den ganzen Garten, sie kriechen sogar unter die hintersten Büsche. Sie kommen auch in die Gartenecke, die sie sich eigentlich in diesem Sommer ein bisschen zurechtmachen wollten, da wollten sie spielen. Aber das können sie vergessen. Sie müssen wieder ins Detektivzimmer. »Ist ja auch viel spannender«, meint Paule.

»Klar«, sagt Emil, »das mit der Gartenecke war ja auch nur so eine Idee.«

»Aber schön ist es hier«, meint Paule noch einmal und drückt dabei einen Busch zur Seite, um selbst noch in dem letzten Winkel des Grundstücks, auch hinter der Hecke, nachzusehen, ob da wirklich kein Schwein versteckt ist. Denn Minischweine, die können sich verflixt klein machen.

»Hinter dem Pavillon, hast du da schon richtig geguckt?«, fragt Paule.

»An den Mauerresten hinten noch nicht«, meint Emil.

»Dann müssen wir da noch mal hin«, Paule und Emil durchstreifen alles ganz fachmännisch. Sie gehen alles systematisch durch, schauen sich genau die Begrenzung des Grundstücks an und gehen in Linien kreuz und quer, wie auch die Polizei das macht, wenn sie jemanden sucht und einen Wald oder ein Feld oder einen

Garten durchstreift. Aber trotz aller Genauigkeit, da ist nichts.
Kein Schwein.

Mia und Maxe dagegen laufen durch die Straßen. Sie haben sich sogar ein Fernrohr mitgenommen, damit sie das Schwein auch noch entdecken können, wenn es ganz am Ende der Straße sein sollte. Sie schauen hinter jede Mülltonne, sie gucken in jeden Hauseingang, sie gehen in die Vorgärten. In der Großstadt

gibt es zwar nur wenige, aber die suchen sie ganz gründlich ab. Sie schauen hinter jeden Buchsbaum und jeden Busch. Auch darunter. Aber nichts tut sich. Auch mit dem Fernrohr sehen sie kein Schwein im Schweinsgalopp. Schließlich kommen sie an die große vierspurige Straße.

»Hoffentlich ist das Schwein nicht hier gelandet, dann gab es einen Schweineunfall und es ist tot.«

»Aber siehst du hier etwas? Etwas von einem überfahrenen Schwein? Also mach keine Panik«, sagt Maxe ganz ruhig. Sie legt dabei den Arm um Mia. Mia hat immer solche Schreckensmomente. Trotzdem denkt Maxe auch daran. Wenn das Schwein hierher gelaufen ist, wäre das schon gefährlich. Aber danach sieht es nicht aus.

Bleibt noch die andere Hälfte der Straße rechts vor dem Hotel. Doch die halbe Stunde ist um, sie müssen zu Paule und Emil zurück. Blitzschnell rennen sie zum Hotel und sagen: »Wir müssen noch die andere Hälfte absuchen, geht ihr bitte erst mal mit. Danach können wir uns ins Detektivzimmer verziehen.«

Da sieht Oma Moll sie. Sie geht zu ihren vier verschwitzten Detektiven und sagt: »Aber es darf nicht gefährlich werden!«
Paule kullert mit den Augen. Emil grinst ein bisschen, obwohl er das nicht zeigen darf. Das kann Oma Moll nicht leiden. Mia und Maxe legen den Arm um ihre Oma und sagen: »Ach Oma, wir machen doch nichts Gefährliches. Versprochen ist versprochen und wird nicht gebrochen. Wir suchen doch nur ein Schwein! Ehrenwort, Oma.« Da ist Oma erst einmal beruhigt und drückt allen vieren zur Stärkung eine Banane und einen Schokoriegel in die Hand.
Sie durchstreifen den noch nicht erforschten Teil der Straßen. Emil hat wirklich eine besondere Begabung. Der findet immer noch versteckte Winkel und Ecken, wenn die anderen schon fast fertig sind. »Ich will ja auch Detektiv werden!«, meint er grinsend. »Das wäre dann übrigens mein achter Fall. Was meint ihr, was ich schon für Fälle gelöst habe in der Stadt, aus der ich komme.«
»Ja, ja«, Maxe winkt ab. Genau das Gleiche hat er schon das letzte Mal gesagt, als sie ihn

kennengelernt haben. Da war er gerade frisch hierher gezogen. Manchmal findet Maxe, dass er besser in seiner alten Stadt geblieben wäre, denn er kann ein richtiger Angeber sein.
Paule ist da anders. Den mag Maxe auch besonders. Aber nur leise und heimlich, denn bei Detektiven ist Verknalltsein eigentlich verboten.
Als sie zurückkommen und gerade an der Rezeption vorbeilaufen, um ins Detektivzimmer zu gehen, klingelt das Telefon. Es ist Mama, Mias und Maxes Mama. Oh Schreck, Mama hat auch eine Detektivspürnase, die kriegt immer genau den Augenblick raus, wo ein Fall anfängt! Wo man absolut keine Zeit hat! Oma Moll übergibt sofort den Hörer.
»Wie geht es meinen kleinen Schätzen?«, fragt Mama.
»Wunderbar«, sagt Mia, »Mama, es ist superspannend, und wir haben jetzt echt keine Zeit!«
Maxe zeigt ihr fast einen Vogel. Die soll ja nichts erzählen. Und Mama fragt auch prompt: »Ihr habt doch wohl nicht schon wieder einen Detektivfall?«

»Nein, nein«, wiegelt Mia ab, »es ist nur spannend, immer spannend hier im Hotel.« Sie erzählt ein bisschen von Paule und Emil, von Oma, von den Gästen mit den Tieren. Paule klopft schon auf seine Uhr, es wird wirklich Zeit. Sie müssen einen Plan machen, sie müssen weiter. Ein galoppierendes Schwein ist unterwegs, und da telefoniert die Mia in aller Ruhe mit ihrer Mama. Paule zieht die Augenbrauen hoch, Emil kickt mit dem Schuh vor das Pult der Rezeption.

Da sagt Mia: »Mama, wir rufen dich heute Abend an. Jetzt ist wirklich keine Zeit. Es geht hier weiter. Heiter weiter.« Das ist Oma Molls Spruch, den sie wirklich gut finden. Sie legt auf. »Mama hat mir fast ein bisschen leidgetan«, murmelt sie.

»Trotzdem«, brummt Maxe. Und schon sind sie im Detektivzimmer, das sie natürlich jetzt wieder komplett einrichten müssen. Sie pinnen den Stadtplan an die Wand und suchen die Pläne vom Hotel heraus. Paule kramt das Detektivtagebuch hervor und Mia holt ein paar Stifte von der Rezeption. Maxe sucht Gummibärchen. Der Detektivfall hat begonnen.

Da klopft Oma Moll ans Detektivzimmer.
»Darf ich stören?«, fragt sie.
Die vier nicken: »Klar, du bist doch sozusagen ... der Boss«, lacht Mia.
Oma setzt sich zwischen Mia und Maxe, schaut Emil und Paule an und meint: »Am liebsten würde ich mitmachen.«
Paule guckt vielleicht!
»Kinder und alte Leute«, sagt Oma, »die sind eben ganz nah beieinander. Die einen, weil sie Kinder sind. Die anderen, weil sie den ganzen Plunder wegwerfen können – und jetzt nur noch machen, was wichtig ist.«

Besuch beim Metzger
oder
Schwein gehabt

Sobald Oma weg ist, sagt Maxe mit gekräuselter Nase: »Wir können hier nicht rumsitzen, wir müssen weitersuchen.« Ungeduldig wippt sie mit den Füßen und dreht ihre Locken um die Finger.

»Aber wir müssen doch erst einen Plan machen, wenigstens einen Mini-Plan«, meint Emil.

»Hast ja recht.«

»Wir müssen wenigstens ein paar Hypothesen aufstellen«, Mia ist schon ein richtiger Detektiv. Sie kennt sogar die Fachbegriffe. Hypothesen sind nämlich die Annahmen, von denen man ausgehen muss. Hypothesen sind Möglichkeiten, man überlegt sich also alles, was passiert sein könnte. Und diese Annahmen

müssen dann der Reihe nach abgearbeitet und untersucht werden. Alle, auch die komischen oder unwahrscheinlichen. So kann man vielleicht die Wahrheit herausfinden. So sieht echte Detektivarbeit aus.
Mia hat schon einen Zettel vor sich liegen und fragt: »Welche Hypothesen stellen wir auf?«
»Tierschützer könnten das Schwein geklaut haben. Die sind sauer, dass Schweine im Zimmer gehalten werden!« Das sagt Paule.
»Glaubst du das wirklich? Ich find's unwahrscheinlich.« Dass es Tierschützer waren, kann Maxe nicht so recht glauben. »Warum sollten sie dann ausgerechnet das Schwein mitgenommen haben? Es gibt auch eine Schlange, einen Hamster und einen Papagei im Hotel …«
»Es könnte entlaufen sein. Ein Tierheim hat es aufgenommen«, unterbricht Mia sie.
»Ein Journalist könnte sich einen schönen Fall ausgedacht haben: Schwein in der Stadt. Steht morgen vielleicht in der Zeitung, dick und fett. *Schwein mit rotem Halsband*«, sagt Paule, aber er meint es wohl nicht ganz ernst.
»Oder die Metzgerei nebenan hat einfach Fleisch gebraucht.« Emil greift seine Idee von

vorher wieder auf und grinst dazu noch so richtig fies.
Mia würde ihm am liebsten gegen das Schienbein treten. »Gemein, das machen die doch nicht!«
»Ich glaube, die dürfen so etwas gar nicht. Die müssen nachweisen, woher ihr Fleisch kommt. Die können nicht schreiben: *Fleisch von einem Schwein aus dem Hotel.*«
»Trotzdem«, mault Emil, »der Spur müssen wir nachgehen.«
»Oder ganz einfach, eine Erpressung«, meint Paule durch die Zähne. »Irgendeiner will die Eltern von Milly und Hein erpressen, will vielleicht Geld von denen. Dafür müssten wir uns die natürlich auch vornehmen.«
»Du meinst, die Eltern Leonhardt?«, fragt Mia.
Paule nickt.
Maxe und Mia gucken sich an. Unwahrscheinlich. Aber mehr fällt ihnen erst einmal nicht ein.
»Und wie gehen wir jetzt vor?«
»Müssen wir alles abarbeiten«, meint Paule, »der Reihe nach.«

»Müssten wir nicht auch vorher etwas über Schweine wissen?«
»Eigentlich ja, aber wenn das Schwein in der Metzgerei ist, dann gilt es, schnell zu sein.«
»Am besten, wir teilen uns auf«, schlägt Maxe vor. »Eine Gruppe geht zum Metzger, die anderen nehmen sich zum Beispiel die Tierheime vor.« Wahrscheinlich hofft sie, dass sie dann mit Paule in einer Gruppe ist. Und am liebsten würde sie auch sofort weitersuchen.
Aber die anderen drei sind dagegen. »Zu gefährlich«, brummt Mia. Emil und Paule nicken.
»Zum Metzger gehen wir alle zusammen. Und zwar sofort. Wenn das Schwein unters Messer kommt, ist es vorbei.«
»Aber wir hatten doch gesagt ...«
Emil unterbricht: »Kann doch sein, dass die irgendetwas hinschreiben als Herkunft des Schweins.«
»So gemein!« Mia ist entsetzt. Aber sie schreibt ganz schnell eine dicke Eins an die Metzgerei.
»Bei den anderen Sachen können wir uns ein bisschen mehr Zeit lassen. Wir treffen uns danach noch einmal im Detektivzimmer, um

einen genauen Plan zu machen, wo und wie wir da überhaupt etwas finden. Denn ein Tierschützer stellt sich ja nicht vor das Haus mit einem Plakat, hält Zilly an der Leine und schreit: ›Wir schützen Tiere!‹«

»Okay. Also erst die Metzgerei. Wisst ihr, welche Metzgereien hier in der Gegend sind?«, fragt Emil.

Da ist natürlich Paule, der hier schon lange wohnt, gefragt.

»Es gibt hier zwei Metzgereien. Die dritte hat, glaub ich, im letzten Jahr zugemacht«, sagt Paule fachmännisch. Er geht sofort zum Stadtplan an der Wand und zeigt, wo sie liegen, trägt einen roten Punkt ein. Die gleichen roten Punkte malt Mia in ihr Hypothesenprotokoll.

»Los geht's!«

Auf dem Weg zur Metzgerei machen sie sich Gedanken. Denn: Wie sollen sie da vorgehen?

»Wir können schließlich nicht in der Metzgerei fragen: ›Ist die Blutwurst eventuell von unserem Hotelgastschwein?‹ Die lachen sich doch krank. Und die Wahrheit würden wir auch nicht erfahren.«

»Außerdem kann keiner in zwei, drei Stunden ein Schwein verarbeiten. Auch wenn die selbst schlachten, würden die allerhöchstens gerade damit beginnen«, meint Emil.
Mia kräuselt ihre Nase.
»Wir müssen als Erstes herausbekommen, ob die Metzgerei selbst schlachtet. Also müssen wir uns von hinten anschleichen«, das sagt Paule. »Und ich glaube«, fügt er sofort hinzu, »die Metzgerei, zu der wir gerade gehen, schlachtet wirklich noch selbst.«
»Also, nicht vorne hineingehen, sondern hinten in den Hof schleichen, in die Schlachterei, in die Werkstätten sozusagen«, meint Mia.
Wie von selbst gehen sie alle vier leiser. Da sehen sie schon das Schild: Metzgerei.
»Ich finde das so gemein, wenn da jemand ein Schwein schlachtet, eine Zilly. Das finde ich total gemein, supersupergemein«, Mia sagt das mit immer noch gekräuselter Nase.
»Ist ja nur eine Hypothese von uns«, Emil will Mia beruhigen.
Sie schleichen sich von hinten an. Paule drückt die Klinke vom Hofgatter hinunter, aber es ist verschlossen. »Und jetzt?«, fragt er ratlos.

»Räuberleiter«, sagt Emil sofort und faltet die Hände. »Wer klettert drüber?«
»Das können wir doch nicht machen!«, zischt Mia leise.
»Ich gehe«, sagt Maxe und stellt schon den Fuß auf Emils Hände.
»Ich komm mit«, sagt Paule schnell.
Das Gatter ist nicht hoch, schwups, sind sie drüben.
»Ihr bleibt hier und pfeift, wenn jemand kommt!«, flüstert Paule.
Emil und Mia nicken. Mia schluckt. Ihr be-

hagt die Sache nicht. Aber auch Emil grinst längst nicht mehr. Der hat wohl auch ein bisschen Angst. Obwohl er das wahrscheinlich nie zugeben würde.
Maxe und Paule rennen geduckt über den Hof, rüber zu dem, was vermutlich die Schlachträume sind.
Diesmal haben sie Glück: Die Tür ist nur angelehnt. Paule öffnet sie vorsichtig. Die Tür knarzt. Die beiden halten die Luft an und lauschen: Nichts zu hören. Sie drücken die Tür ganz auf und stecken die Köpfe hinein. Sie schauen in weiß gekachelte große Räume, die fast wie eine Küche aussehen. Aber in den Räumen ist gar nichts los, alles sauber, alles leer. Keiner da. Vor allem kein Schwein, das gerade geschlachtet wird.
Paule deutet mit dem Kopf auf zwei weitere Türen am linken und rechten Ende der Halle. Die rechte führt wahrscheinlich direkt in den Laden. Also schleichen sie zuerst zur linken. Auch diese Tür lässt sich aufdrücken. Dahinter liegt ein zweiter Raum. Sehr kühl ist es darin. Und hier hängen tatsächlich jede Menge Würste und Schinken von der Decke.

»Lass uns nachsehen. Vielleicht finden wir ja eine Spur von Zilly.« Maxe wird ganz übel bei dem Gedanken.
»So ein Quatsch«, zischt Paule. »Nach einer Stunde hängt hier doch noch keine Wurst, bei aller Schnelligkeit. Und dann wäre auch was los im Schlachtraum.«
Maxe nickt erleichtert, Paule hat ja recht. Trotzdem schleichen sie in den Raum, sehen sich alles ganz genau an.
»Vielleicht schlachten die nicht jeden Tag, und Zilly ist hier irgendwo versteckt«, sagt Maxe. Und vergisst vor lauter Aufregung ganz zu flüstern.
»Psst, sei doch still«, Paule stupst sie an. Genau in dem Moment hören sie, wie drüben im Schlachtraum eine Tür aufgeht. Stimmen sind zu hören, Männerstimmen, noch undeutlich. Die Männer müssen aus der anderen Tür gekommen sein, denn wenn sie von draußen gekommen wären, hätten Emil und Mia gepfiffen.
Die Stimmen kommen näher. Maxe und Paule können jetzt fast alles verstehen. Die Männer plaudern über Belangloses.

»Guck mal, die Tür zum Kühlraum ist ja auf!«, sagt die eine Stimme.
»Ich hab sie doch vorhin zugemacht«, brummelt der andere.
Die Schritte kommen jetzt direkt auf den Raum zu, in dem Maxe und Paule sind. Die beiden schauen sich panisch an.
»Da drunter!«, Maxe stupst Paule unter einen kleinen Tisch, der rechts vom Eingang steht.

Gerade noch rechtzeitig verschwinden sie darunter, bevor die Tür aufgeht und einer der Männer den Kopf hereinsteckt. Die zwei Detektive drücken sich zitternd in die Ecke, so weit es geht.
»Nichts zu sehen«, sagt der Mann. Er hat eine große, rote Knubbelnase, aber ein freundliches Gesicht.
»Was soll schon zu sehen sein?«, fragt die andere Stimme gutmütig-spöttisch aus dem Hintergrund. »Du hast vorhin nicht richtig zu-

gemacht, das ist alles. Und jetzt mach schon, wir müssen noch zu Bauer Lorenz, das Geflügel abholen. Du weißt doch, Frau Birkel hat zwölf Enten bestellt für die Hochzeit morgen.«

»Ich komme ja schon«, brummt der Mann mit der Knubbelnase, geht und zieht die Tür hinter sich zu.

»Puh«, zischt Paule. »Das ist ja gerad noch mal gut gegangen.«

Sie warten noch einige Minuten in ihrer Ecke unter dem Tisch. Lauschen. So ein paar Minuten können ganz schön lang sein … Aber draußen ist nichts mehr zu hören. Da krabbeln sie wieder raus. Maxe zittern die Knie, ihr Herz schlägt bis in den Hals. Und sie friert inzwischen auch.

»Alles in Ordnung?«, fragt Paule und nimmt kurz ihre Hand.

Da blubbert Maxes Herz noch doller. Wumm, wumm, wumm. Aber nicht mehr nur aus Angst.

Sie nickt. Paule wird rot und zieht schnell die Hand weg. »Emil und Mia warten bestimmt schon.«

Sie stoßen die Tür auf und gucken, ob die Luft rein ist: Kein Mensch zu sehen.
Schnell rennen sie durch die Schlachthalle. Die Tür, die vorhin nur angelehnt war, ist jetzt zu. Paule will sie aufdrücken – aber es geht nicht! Er rüttelt, drückt dagegen – und auf einmal flutscht die Tür doch auf. »Die hat nur geklemmt«, Paule grinst erleichtert.
»Noch mal Schwein gehabt«, Maxe grinst zittrig zurück.
Sie schauen über den Hof, auch der ist leer. Sie rennen zum Gatter.
»Ist euch was passiert?«, fragt Emil aufgeregt.
»Da sind gerade zwei mit dem Laster rausgefahren, haben die euch gesehen?«
»Erst mal weg hier«, sagt Paule. Er guckt Maxe an. Wie sollen sie jetzt beide über das Gatter kommen?
»Da hinten stehen Kisten.« Emil kann wohl Gedanken lesen.
Schnell holt Maxe eine der leeren Holzkisten. Nacheinander steigen sie über das Gatter.
»Und jetzt nichts wie weg hier.«
Die vier rennen los, bis sie nicht mehr können.

»Und? Habt ihr was entdeckt?« fragt Emil ungeduldig, als sie einige Straßen weiter endlich wieder zu Atem kommen.
»Nichts«, sagt Maxe, »man hat den Eindruck, da wird gar nicht geschlachtet.«
»Die schlachten aber echt«, meint Paule, »ist so etwas wie eine Bio-Metzgerei.«
»Dann haben die das Schwein nicht geklaut. Bio-Metzger wollen nur reine Ware. Die wollen wissen, was so ein Schwein gefressen hat.«
Emil tut so, als würde er das genau wissen.
»Hättest du auch vorher sagen können.« Maxe klingt vorwurfsvoll.
Emil entgegnet kühl: »Alles muss untersucht werden. So ist Detektivarbeit eben.«
»Als wenn ich das nicht wüsste«, schnauft Maxe. Der Emil, dieser Angeber, hat gut reden. Er war ja eben nicht mit drin!
»Wir müssen noch zu der anderen Metzgerei«, sagt Mia leise. Sie fand das vom Emil eben auch doof. Aber sie müssen doch verhindern, dass Zilly was passiert!
Maxe und Paule ist nach dem Schrecken eben gar nicht nach neuen Abenteuern zumute. Dennoch, Mia hat recht.

»Und Detektivsache ist Detektivsache«, sagt Paule.
Maxe nickt.
Paule führt sie direkt zu der anderen Metzgerei. Der weiß, wo die ist, weil er da schon ein paar Mal für seine Mutter einkaufen musste. »Die haben super Wurst.«
»Das ist schon ein Verdachtsmoment.«
»Aber ich glaube, die schlachten nicht in der Stadt, die müssen draußen eine Schlächterei haben«, meint Paule.
»Meinst du, die hätten das Schwein aus der Stadt rausgeschleppt, um es dann irgendwo außerhalb zu schlachten? Das ist doch viel zu umständlich.«
»Wäre doch immerhin möglich.«
»Aber wofür nehmen die dann ein Schwein aus der Stadt?«
»Sie haben es vielleicht im Hotel gesehen.«
»Oder die nehmen einfach jedes Schwein.«
»Gemein!«
Sie stehen vor der Metzgerei, schleichen sich wieder von hinten an. Doch da gibt es wirklich keine Schlachträume, keine Küchen. Nichts. Noch nicht mal eine Wurstküche. Wurst-

küchen sind nämlich ein bisschen kleiner als normale Schlachtküchen. Das weiß Emil. Nur ein paar Kühlräume können sie entdecken.
Sie gehen noch einmal vorne in den Laden. Da hängen prächtige Würste, wunderbare Schweinebraten. Die Verkäuferin preist gerade einen ganz frischen Braten an. Mia schaudert es richtig. Aber der kann wirklich nicht von Zilly sein. Vor kurzem hat sie das Schwein noch auf der Treppe im Hotel gesehen. Nein, nein, nein, nein, das kann nicht sein.
Sie verlassen den Laden, gehen zurück. Das Schwein bleibt weg.
Und was bleibt ihnen übrig?
Treffpunkt Detektivzimmer.

Heiter weiter
oder
Echte Detektivarbeit

Da stehen die vier plötzlich in der Hotelhalle: »Wir haben Hunger.«

»Dann esst. Ein guter Detektiv muss denken, suchen, nachspüren und essen«, lacht Oma Moll.

Das lassen sich die vier nicht zweimal sagen. Eigentlich ist es schon fast ein bisschen spät fürs Mittagessen. Aber sie können ja auch nicht hexen, sie haben bis jetzt alles versucht, um das Schwein zu finden.

Martha brutzelt ihnen extra Pfannkuchen mit Schokoladenfüllung. Hmmm! Bei Oma Moll dürfen sie immer so viel essen, wie sie wollen. Und sie lassen es sich richtig gut schmecken.

Dann geht es an die Arbeit: Schließlich ist ein echter Schweinefall aufzuklären!
Oma Moll fragt noch ganz vorsichtig: »Ihr denkt an den Spielenachmittag übermorgen?«
»Und ob!«, meint Mia.
»Alles im Griff«, flunkert Emil.
Maxe und Mia haben aber einen Schrecken bekommen, denn eigentlich wollten sie schon heute Morgen genaue Pläne für die Spiele machen. Und sie wollten am Rasen die Felder aufteilen, wo der Eierlauf stattfinden soll, wo sie die Tierkäfige hinstellen können. Doch dafür ist jetzt einfach keine Zeit. »Morgen ist schließlich auch noch ein Tag«, flüstert Mia.
Aber erst einmal beruhigen sie Oma Moll: »Wir sind da, übermorgen. Die ganze Hotelbande. Versprochen!«
»Uff«, seufzt Maxe, »Detektivfall, Kinder im Hotel, Spielenachmittag. Das kann ja heiter werden.«
Mia grinst nur: »Heiter weiter.«
Und Emil, ganz überlegen: »Schaffen wir alles.«
Paule hat seinen Detektivkoffer mitgebracht. Da sind alle Detektivsachen drin:

- ein kleines Notizbuch, um alle Daten, Spuren und Verdachtsmomente aufzuschreiben
- eine Lupe
- Pinzette und Maßband
- Zwei paar Gummihandschuhe, dünne und dicke
- Fingerabdruckpapier
- Tesafilm
- Taschenmesser
- Plastiktüten
- Tafelkreide
- Pauspapier (für Tritt- und Fußspuren)
- Ein Diktiergerät
- Und natürlich die berühmten Gummibärchen

»Ich will die gelben!«, schreit Mia.
»Und ich wie immer die roten«, Paule lacht.
Als die Tüte fast leer ist, schaut Mia auf die Uhr: »Wenn wir heute wirklich noch was vorhaben, müssen wir los.«
»Aber nicht ohne Plan«, meint Paule fast scharf. Und das ist der alte Konflikt, den sie wieder mal haben. Paule will alles nach Plan.

Und sagt ganz einfach: »Ein echter Detektiv kann ohne Plan nicht vorgehen.«
Mia und Maxe dagegen finden, dass sie gerade jetzt, wo sie Tierschützer, Tierheim, Journalist oder Erpressungsfall, wo sie das alles noch nicht untersucht haben, dass sie einfach los müssen. Und zwar schnell.
»Aber wohin willst du denn laufen?«, fragt Paule. »Willst du zur Zeitung rennen? Was willst du dort sagen? Willst du beim Tierschutzbund anrufen und dort einfach fragen, ob sie ein Schwein entführt haben? Wie willst du das machen? Genau das alles muss ein echter Detektiv planen.«
Maxe nickt, Mia nickt. Emil schiebt sich das letzte grüne Gummibärchen rein. Ja, sie müssen planen. Und zum Planen gehört eben auch genaues Überlegen, die Vorüberlegungen: Wohin gehen wir? In welcher Reihenfolge? Wen sprechen wir an? Welche Fragen stellen wir? Was wollen wir wirklich herausbekommen?
Und da bleibt Paule stur, Emil unterstützt ihn. »Ein guter Detektiv löst die meisten Fälle im Kopf. Vorweg. Nur, wenn er vorher genau

und in alle Richtungen nachdenkt, läuft ihm plötzlich das Schwein über den Weg.«
»Und dann haben wir Schwein gehabt«, grinst Maxe.
»Nein, dann haben wir Schwein und zwar Zilly, das Hausschwein.«
Also machen sie jetzt erst einmal einen Plan, wie sie weiter vorgehen wollen. Und morgen früh, gleich nach dem Frühstück, wenn Maxe und Mia fertig sind mit Bedienen und Servieren, dann geht es weiter.
Ein bisschen planlos sitzen sie trotzdem da. Die Tüte Gummibärchen ist leer und auch ihre Ideen. Einfach futsch.
»Heiter weiter«, sagt Mia. Das ist Oma Molls Lieblingsspruch in kniffligen Situationen, falls die Tür klemmt oder das Klo nicht funktioniert.
»Falls wir von der Erpresseridee ausgehen«, beginnt Maxe jetzt ziemlich feierlich, »könnte ja nur die Familie Leonhardt erpresst werden.«
Mia schreibt schon mit.
»Oder das Hotel? Ginge das nicht auch?«, fachsimpelt Emil.

Mia schreibt auch das auf, aber Maxe überlegt noch an der anderen Idee weiter: »Wir müssten natürlich erst mal zur Familie Leonhardt, sie genau beobachten. Wer sind eigentlich diese vier? Von wo kommen sie? Wer könnte als Erpresser auftreten?« Maxe macht eine Pause.
Da macht Emil weiter und sagt: »Wir müssten also beobachten und notieren, welche Anrufe für die Familie Leonhardt eingehen. Wie lange wird gesprochen? Läuft nach solchen Anrufen Vater Leonhardt nervös herum? Passen die Leonhardts besonders auf ihre Kinder auf? Verhält sich irgendjemand von ihnen merkwürdig?«
»Hein muss jeden Morgen in der Bibliothek arbeiten, habt ihr das schon mitbekommen?«, fragt Mia.
Stimmt. Da ihr Detektivzimmer direkt hinter der Bibliothek liegt, haben auch Emil und Paule den armen Hein schon über seinem Diktat schwitzen sehen. Das war, nachdem sie den Garten durchsucht haben. Grässlich! Die Mutter saß daneben und passte auf wie ein Luchs. Und nach dem Diktat war dann noch Mathe dran gewesen.

»Uff, das sollte mal einer mit mir versuchen!« Mia stemmt ihre Hände in die Hüften.
»Der muss ja wohl ziemlich schlecht in der Schule sein«, meint Maxe, »armer Hein.«
»Bestimmt nicht so schlecht wie ich«, lacht Paule, »aber ich brauche trotzdem nicht zu arbeiten.«
»Da hast du Glück.«
»Spaß beiseite, wir müssen die Familie Leonhardt beobachten. Wer übernimmt das?« Maxe und Paule melden sich und werden gleichzeitig rot. Denn es ist nicht zu übersehen, dass die Maxe den Paule besonders gerne mag und der Paule die Maxe. Und die Maxe zieht wieder ihre Nase hoch, kräuselt sie. Das ist typisch, wenn

Maxe verlegen wird. Und sie schüttelt ihre rote Kräuselmähne. Paule schaut schnell weg.
»Und das Hotel? Erpressungsfall Hotel?«
»Würde ich vernachlässigen«, meint Mia.
Emil stimmt ihr zu: »Deine Oma macht bisher nicht den Eindruck, als stünde sie unter besonderem Druck von außen.«
»Das wäre ja auch schrecklich.« Maxe denkt nach. »Dann wäre es ja für Oma gefährlich und wir müssten sie schützen.«
»Eindeutig.«
»Aber das kann ich mir wirklich nicht vorstellen«, sagt Paule, »da gäbe es bei deiner Oma stärkere Sachen, mit denen man sie erpressen könnte. Doch nicht mit einem Schwein!«
»Entsetzlicher Gedanke«, Mia ist ganz weiß geworden um die Nase.
»Und wenn das wieder der Kniepvogel ist? Der Kniepvogel hat sie schon mal indirekt erpresst«, überlegt Maxe weiter.
»Aber der würde das doch nicht mit einem Schwein tun. Der olle Kniepvogel.« Mia presst das fast durch die Zähne. »Der würde sich eher einen kostbaren Papagei schnappen. Oder eine gefährliche Schlange.«

»Auf jeden Fall kein Schwein«, das sagt Paule. »Ein Schwein ist für einen Kniepvogel eindeutig eine Nummer zu klein.«
»Außerdem sind Oma Moll und der Kniepvogel doch inzwischen ganz gut befreundet. Ich glaub nicht, dass der irgendwas damit zu tun hat«, wischt Mia den letzten Zweifel beiseite.
»Hm ...«, Maxe überlegt, zögert. »Wir sollten auch noch mal überlegen, ob das Schwein nicht doch weggelaufen ist ... Ich meine, sollten wir dann nicht die Suchaktion fortsetzen?«
»Wir haben doch schon alles abgesucht«, seufzt Mia.
»Ja, aber vielleicht hat es ja jemand anderes gefunden. Und dann weiß der gar nicht, wo er damit hin soll. So ein Schwein kann man ja nicht ins Fundbüro bringen.«
Emil springt auf. »Das ist es! Wir hängen überall Zettel auf: *Wer hat ein Schwein gefunden? Bitte bei Oma Moll im Hotel melden!*«
»Genau, das hängen wir an alle Bäume und Plakatwände, an alle Laternen und an alle Bushaltestellen. Vielleicht findet ja jemand das Schwein.« Paule ist begeistert.
Mia flitzt zur Rezeption und holt einen großen

Zettel. Darauf schreibt sie den Text sorgfältig in großen Druckbuchstaben.
Da kommt Oma Moll: »Könnt ihr bitte kommen und hinter der Küche dem Friedbert beim Ausladen helfen? Er hat auch schon ein paar Preise mitgebracht für den Spielenachmittag.«
»Klar.«
»Dürfen wir kopieren?«
Oma Moll schaut sich den Zettel an, nickt, stimmt zu.
Damit ist die Detektivsitzung zu Ende.

»Denkt ihr noch an den Nachmittag übermorgen?«, fragt Oma zum x-ten Mal Mia und Maxe.
»Jaha«, sagt Mia, »klar.« Aber eher zur Beruhigung von Oma. Sie müssen verflixt ran!
Schnell flüstert sie Maxe zu: »Versprochen ist versprochen …«
»… und wird nicht gebrochen«, macht Maxe weiter.
Während Maxe und Mia Friedbert helfen, hängen Paule und Emil im ganzen Umkreis die Suchzettel auf.

Am Abend bekommt Mia ein bisschen Heimweh. Sie muss noch mal ihre Mama anrufen. Am Vormittag, als Mama anrief, da war es einfach zu hektisch, da konnte sie nicht richtig mit ihr reden.
Mama kommt ans Telefon und ihre Stimme ist ganz verschlafen, so als hätte sie gerade in einem Traum festgesteckt.
»Weißt du, wie viel Uhr es ist, Mia?«, fragt Mama, »ich muss morgen furchtbar früh raus.«
»Warum musst du denn so furchtbar früh

raus?«, fragt Mia. »Ich muss auch raus. Aber ich bin jetzt gar nicht müde. Es ist hier so spannend, Mama.«
»Was ist denn so spannend? Doch wohl kein neuer Detektivfall?« Jetzt scheint Mama fast wach zu sein.
»Nein, kein Fall. Nur aufregend«, sagt Mia, »und ich darf auch nichts verraten. Das Schwein ist aber weg.«
»Welches Schwein? – Ach, Schätzchen, du hast sicher schlecht geträumt. Kuschel dich zu Maxe oder geh zur Oma in den Lehnstuhl.«
»Wenn das Schwein aber nicht wiederkommt?«
»Geh zu Oma. Gute Nacht, Kleines. Leg dich hin. Schlaf schön.«
Mia hört nichts mehr. Erwachsene sind echt komisch, denkt sie. Alles, was ihnen nicht passt, gibt es einfach nicht. Vor allem kein weggelaufenes Schwein mitten in der Nacht. Sie tappelt zu Omas Zimmer, linst durch den Türspalt. Oma sitzt in ihrem Opa-Kurt-Lehnstuhl und liest.
»Sollen wir 'ne Lehnstuhlstunde machen?«, fragt Mia, »Wegen dem Schwein.«

»Komm her.« Oma angelt eine Decke von ihrem Bett und legt sie Mia um die Schultern.
»Und wenn das Schwein nicht wieder auftaucht?«
»Das wäre traurig«, sagt Oma.
»Und wenn es tot ist?«
»Das wäre noch trauriger«, meint Oma. Sie schauen durch den Vorhang auf den Nachthimmel. Die Wolkendecke reißt auf und der Mond scheint. Groß und hell leuchtet er. Mia zeigt nach oben: »Wenn Opa da oben ist, dann kann er jetzt das Schwein sehen«, sagt sie. »Der hat's gut. Der könnte uns das doch zeigen.«
»Tut der aber nicht. Aber wir haben's auch gut«, meint Oma und drückt die Mia. Sie fängt an, ein Abendlied zu summen, bis ihre kleine Mia einschläft.
Komisch, Oma Moll hatte auch eben gerade an das Schwein gedacht. Hoffentlich taucht es wieder auf.

Erpressung
oder
Eine Schweinesuche ist kein Kinderspiel

Am nächsten Morgen, gleich nach dem Frühstück, ist Treffpunkt im Detektivzimmer.
Maxe und Mia müssen erst wieder Kakao austeilen, die Platte mit den Schokoberlinern auffüllen und immer wieder neue Käse- und Wurstteller aufs Büfett stellen. Aber sobald sie können, rennen sie los.
Als sie am Bibliothekszimmer vorbeiflitzen, sitzt dort Hein mit seiner Mama. Ohne Schwein, dafür aber mit jeder Menge Büchern. Hein muss ein Diktat schreiben. Milly hingegen ist draußen im Garten, das haben sie durchs Fenster gesehen.
»Das sind ja tolle Ferien für Hein«, murmelt Mia.

»Total ungerecht«, Maxe nickt.
Emil und Paule sitzen schon im Zimmer, haben das Detektivbuch vor sich liegen und schauen auf den Stadtplan. Als Maxe und Mia hereinstürmen, meint Paule nur trocken zur Begrüßung: »Als Erstes kommen jetzt die W-Fragen. Darauf bestehe ich!«

- Was ist passiert?
- Wie konnte es passieren?

- Welche Voraussetzungen sprechen dafür?
- Welche Folgen hat das?

Paule hat damit die Führung übernommen.
»Was ist passiert?«
»Ist doch klar!« Mia schreit es fast. »Ein Schwein ist weg. Dieses Schwein muss gesucht werden.«
Paule sagt: »Ja, und es müssen alle Möglichkeiten durchgegangen werden, wo das Schwein überhaupt sein könnte. Echte Detektivaufgabe.« Ganz ruhig sagt er das.
Die anderen Fragen gehen sie auch noch durch. Aber sie bleiben hängen an ihren Hypothesen vom Anfang: Erpressung, Tierschützer, Journalist.
Die beiden Möglichkeiten, dass das Schwein weggelaufen ist oder dass es in einer Metzgerei gelandet sein könnte, können sie erst einmal ausklammern. Sie haben das Hotel und den Garten gründlich abgesucht. Und beim Metzger waren sie gestern auch. Und da war – zum Glück! – kein Schwein. Jedenfalls kein Zilly-Schwein. Trotzdem meint Emil: »Wir müssen wachsam sein. Auch wenn wir es nicht

gefunden haben, es kann dennoch sein, dass das Schwein weggelaufen ist. Wir könnten es übersehen haben.«

»Ja«, sagt Mia, »Augen auf und jeder Schweinespur und jedem Schweinequieksen folgen.«

»Also, wenn jetzt Maxe und ich der Erpressung nachgehen und die Familie Leonhardt beobachten, wer kümmert sich dann um die Tierschützer?« Paule legt einfach die Gruppen fest. Maxe schaut er dabei gar nicht an. Die ist schon wieder ein bisschen rot um die Nase geworden. Aber echte Detektive werden natürlich nicht rot, nicht, wenn da einer mit Paulenase und Pauleaugen und Paulestimme sagt, dass man zusammen Nachforschungen anstellen soll.

»Das würde ich tun«, sagt Mia, »nur habe ich überhaupt keine Idee, wie man da herangeht.« Und sie schaut dabei den Emil Hilfe suchend an.

Emil meint, sie könnten ja zusammen zum Tierschutzbund gehen, sich da einfach mal erkundigen, für welche Tiere die sorgen. Was sie für Ziele haben. Was sie alles machen. »Vielleicht entwickeln wir dabei Ideen!«

»Super«, meint Mia, »vielleicht könnten wir ja ganz vorsichtig anfragen, ob sie schon Schweine geschützt haben.«
»Zum Beispiel«, meint Emil.
»Die Tierschützer könnten wütend darüber sein, dass wir überhaupt hier im Hotel solche Tiere in kleinen Käfigen und in den Zimmern halten. Sie stehen ja auf dem Standpunkt, Tiere müssen frei laufen. Und da könnten sie einfach das Schwein geholt haben in einer unbeaufsichtigten Minute.« Das sagt Paule.
Maxe überlegt weiter: »Aber dann müssten sie uns doch einen Brief schicken, darin müsste stehen: *Schweine in Zimmern zu halten ist Tierquälerei. Nur, wenn das Schwein wieder auf dem Bauernhof leben darf, bekommen Sie es zurück.* Oder so ähnlich jedenfalls. Nur so würden sie doch was erreichen. Ein stummes Verschwinden nützt doch gar nichts.«
»Stimmt«, sagen alle vier.
»Trotzdem müssen wir der Spur nachgehen. Ist ja auch nicht gefährlich. Die würden ja dem Tier nichts tun. Und uns auch nicht.« Paule gähnt. »Ich glaube, damit haben wir heute Vormittag erst mal genug zu tun.« Er

schaut dabei auf die Uhr. Es ist gerade zehn Uhr durch.
»Seid ihr damit einverstanden, dass wir uns um ein Uhr hier alle wieder treffen und eine Detektivsitzung machen, um die ersten Ergebnisse auszutauschen und den Nachmittag zu planen?«
Alle nicken.
»Und danach gemütliches Mittagessen im Pavillon«, meint Maxe grinsend, »schließlich arbeiten wir ja für unsere Oma Moll.«
»Ich habe noch eine Idee«, sagt Mia fast schon in der Tür, »wenn wir noch Zeit haben, sollten wir versuchen, bis zur nächsten Detektivsitzung alles über Schweine herauszufinden. Wie man sie halten muss. Unter welchen Bedingungen die leben. Wie sie sich verhalten. Ich finde, darüber müssten wir Bescheid wissen.«
»Und warum bitte?« Dass Emil immer so blöde Fragen stellen kann!
»Weil wir daraus schließen können, wie unser Schwein jetzt leben könnte, womit wir es anlocken könnten und so weiter«, sagt Maxe, leicht genervt.
»Aber das ist doch nichts für uns! Wir müssen

ein Schwein finden, das Zilly-Schwein. Ein einziges Schwein. Das ist alles. Wir müssen es weder füttern noch müssen wir uns um das Schwein kümmern, gar nichts!«, ruft Emil empört.
Aber Paule sagt: »Mia und Maxe haben recht: Wie sehen die Spuren am Boden aus? Welche Geräusche geben Schweine von sich? Lieben sie dunkle Höhlen, oder mögen sie Sonne? Woran schnuppern sie? Was fressen sie? Leben Schweine lieber einsam oder in Gemeinschaft? – Wenn wir Bescheid wissen, können wir doch viel gezielter suchen.«
»Stimmt«, lenkt Emil ein.
»Und wir müssen unbedingt die Spiele vorbereiten.« Mia flüstert es fast.
Paule klopft sich an den Kopf und sagt einfach nur: »Danke Mia, ich glaube, du wirst eine Superdetektivin. Denn auch das Beachten des übrigen Alltags gehört mit zu einem guten Detektiv.« Mia wird rot und zieht mit Emil ab.

Paule und Maxe sitzen noch einen Moment zusammen im Detektivzimmer. Sie haben ein Blatt vor sich liegen, auf dem steht die Überschrift:

Paule beginnt fast feierlich: »Wenn es eine Erpressung wäre, dann müsste eigentlich Herr Leonhardt erpresst werden. Ich habe gestern versucht herauszufinden, ob Herr Leonhardt im Hotel bekannt ist. Er ist bereits häufiger hier gewesen, ein Geschäftsmann, der sogar schon vor dem Umbau kam. Hat Friedbert mir erzählt. Martha kennt ihn auch. Beide beschreiben ihn als einen sehr zuverlässigen Mann.«

»Ja, und?« Maxe rutscht ungeduldig auf ihrem Stuhl hin und her.

»Und gerade so zuverlässige Männer werden am liebsten für Erpressungen genommen, weil die nichts sagen, weil die dichthalten.«

»Aber kann man einen Geschäftsmann mit einem Schwein erpressen?« Maxe fasst sich an den Kopf. »Was wollen die denn mit dem Schwein erreichen? Wollen die ihn fertig machen? Soll er irgendeiner Forderung in seinem Geschäft nachkommen?«

»Wahrscheinlich ist es so. Erpresser können manchmal bis ins Privatleben hineingehen.

Hier könnte es so sein. Sie erpressen ihn, weil sie wissen, dass Milly an dem Schwein hängt. Sie wissen, dass die Familie das Schwein will. Und deswegen nehmen sie es weg. Nur, wenn Herr Leonhardt nachgibt, bekommt Milly ihr Schwein wieder.«

»Aber wird das nicht eine Nummer zu groß für uns?« Maxe spürt schon wieder eine kleine Kribbelangst im Bauch. Das würde sie natürlich nie zugeben, nicht vor Paule. Aber schließlich haben sie Oma Moll versprochen, sich aus allem rauszuhalten, was gefährlich wird. »Müssten wir dann nicht zur Polizei?«

»Hm«, Paule überlegt. Ob der auch Kribbelangst hat? »Erst mal müssen wir Herrn Leonhardt beschatten«, sagt Paule dann. »Er macht einen nervösen Eindruck. Er rennt immer raus, raucht eine Zigarette, steht hinten im Garten. Er sieht aus, als schaue er sich ständig misstrauisch um. Richtig erholt hat er sich hier noch nicht.«

»Das ist so gemein«, meint Maxe, »wenn die den erpressen!«

Paule nickt. Herr Leonhardt scheint eindeutig unter Druck zu stehen.

»Könnte der Druck nicht auch von der Familie kommen? Mensch, der Hein muss immer lernen für die Schule. Hast du gesehen, heute Morgen musste der auch schon wieder büffeln. Die Mama macht richtig Druck. Und Milly ist so oft zickig. Das ist doch zum Davonlaufen«, meint Maxe.

»Ich würde da die Flucht ergreifen. Gemein ist das. Supergemein«, Paule nickt. Paule ist auch nicht supergut in der Schule, aber Ferien sind Ferien. Da darf er bei Oma Moll im Hotel helfen und sich sein Taschengeld mit kleinen Botengängen aufbessern. Und er durfte mit Mia, Maxe und Emil die Hotelbande gründen. »Lernt er auch was fürs Leben«, hatte sein Vater nur gemurmelt, und Paule war echt froh über seine Eltern. Jeden Tag üben – nicht auszudenken!

»Und wenn ich's mir recht überlege, wird sicher kein Geschäftsmann mit einem Schwein erpresst. So'n Schwein ist einfach zu klein.« Maxe zweifelt noch immer.

»Stimmt«, sagt auf einmal eine Stimme an der Tür. Die Omastimme.

»Trotzdem«, sagt Paule, »trotzdem würde ich

den Herrn Leonhardt gerne beobachten. Da kribbelt was in meiner Detektivnase.«
»Dann tu's«, sagt Oma. »Aber sei vorsichtig. Diskret. Ich möchte nicht, dass meine Gäste sich gestört fühlen.« Richtig resolut kann Oma da werden.
Und dann redet Oma Moll noch weiter. »Denkt ihr an den Spielenachmittag?«
»Haben wir nicht vergessen«, ruft Maxe laut.
»Müsst ihr nicht Felder und Bahnen abteilen?«

»Stimmt. Ist für heute Nachmittag geplant.« Paule sagt das ganz selbstverständlich.
»Ehrenwort. Wir kommen genau um zwei Uhr, Oma. Und den Rest machen wir morgen früh und direkt davor. Ehrenwort.«
»Um vierzehn Uhr«, bestätigt Paule.
»Das hab ich davon«, sagt die Oma, »warum lasse ich euch vier auch immer in solche Detektivfälle hineinschlittern?«
Maxe schaut auf die Uhr. »Wir hätten noch Zeit«, sagt sie, »uns das Verhalten von Schweinen anzuschauen.«
»Und das Verhalten von Herrn Leonhardt«, grinst Paule.
Da fragt Maxe auf einmal: »Warum werden solche Fälle eigentlich nicht der Polizei gemeldet?« Paule guckt ganz verdutzt. Warum fragt Maxe das? Hat die jetzt doch Kribbelangst? Will sie den Fall nicht mehr aufklären?
»Suchmeldungen für Tiere nimmt die Polizei nicht auf«, sagt Oma. »Ich hab dort gestern schon angerufen.«
»Und warum nicht?«
»Ganz einfach«, meint Oma, »Tiere sind

Sachen, und nach Sachen sucht die Polizei nicht.«
»Damit ist also die Polizei komplett ausgeschaltet, wir können nicht hingehen, und sie können uns auch nicht helfen. Wir müssen uns selbst helfen«, triumphiert Maxe. »Das ist also ein echter Fall für die Hotelbande.«
Dann ist Maxe also doch keine Angst-Maxe, sondern eine richtige Detektiv-Maxe! Paule grinst ihr zu.
Als Oma zur Tür rausgeht, streckt Maxe dem Paule die Zunge raus. Von wegen: Angst-Maxe! Und Paule streckt ihr auch die Zunge raus. Von wegen: Kribbelangst!
Zum Glück dreht sich Oma Moll nicht noch mal um.

Erkenntnisse
oder
Wie leben Schweine eigentlich?

Mittags treffen sie sich alle wieder im Detektivzimmer. Mia und Emil kommen von den Tierschützern zurück und Paule fragt gleich: »Wie war's?«

Emil winkt ab. »Da ist unser Schwein nicht. Die Gruppe, die wir heute getroffen haben, kümmert sich um Pandabären in China, Giraffen in Afrika und Tiger im Regenwald. Aber nicht um Schweine in Hotels! Sie meinten, es gäbe auch eine Gruppe, die sich um heimische Tiere kümmert, also um Tiere, die hier leben. Aber von denen war heute keiner da. Die waren auf 'ner Art Expedition.«

Mia schaltet sich ein: »Genau. Und wenn Tiere nicht artgerecht gehalten werden, wenn es zum Beispiel zu eng ist im Stall oder zu dunkel oder die nicht genug Futter kriegen, dann reden die Tierschützer mit den Besitzern.«

»Schweineentführungen scheinen jedenfalls nicht ihr Stil zu sein. Da haben die nur gelacht. Und in dem Büro war auch echt kein Platz für ein Schwein. So klein und vollgestopft wie das war. Da hätte man ein Schwein retten müssen.«

Emil lacht, aber Paule schüttelt nur den Kopf: »Dann ist diese Spur wohl auch erledigt.«

In der Zwischenzeit hat Maxe ein Buch aus der Bibliothek angeschleppt. »Stellt euch vor, der lernt schon wieder!«

»Wer?«

»Na, Hein. Die Mutter übt mit ihm, schon wieder.«

»Unglaublich.«

Aber da macht Maxe schon weiter: »Ich hab hier ein tolles Buch über Schweine gefunden.«

Sie schlägt es auf und fängt an vorzulesen: »*Artgemäße und rentable Nutztierhaltung*. Vorne auf dem Buch ist ein Schwein abgebildet.«

Dann liest sie weiter: »*Es gibt bei Schweinen*

das Ferkelalter, das Jugendalter und schließlich das Alter der Sauen, das ist das Erwachsenenalter.«
»Unser Schwein ist im Ferkel- oder im Jugendalter«, meint Emil fachmännisch.
»Und es ist ein besonderes Schwein, ein Rennschwein.«
»Red doch nicht so einen Mist, es gibt doch nicht Rennschweine und Stallschweine.«
»Gibt es doch, ganz bestimmt. Zilly ist ein Minischwein oder Rennschwein oder so, kein Mastschwein für den Stall.« Sie wissen nicht genau, ob es da einen großen Unterschied gibt. Und worin der besteht. Wer kann ihnen das sagen? Können alle Schweine Rennschweine werden? Oder nur besondere?
»Wir fragen die Familie Leonhardt, wir fragen Milly. Ich schätze sie so ein, dass sie so etwas weiß.«
»Ach, die sagt doch bloß, dass Zilly sooo süß ist«, das ist jetzt Maxe. Ein bisschen gemein, aber sie muss daran denken, dass Hein heute den ganzen Vormittag im Bibliothekszimmer mit seiner Mutter Aufgaben machen musste, während Milly draußen im Garten herum-

sprang. Und jetzt sitzt er schon wieder da und muss üben.

»Auch wenn wir im Augenblick die Milly ein bisschen komisch finden und den Hein sympathischer, müssen wir trotzdem gerecht bleiben.« Das sagt Paule.

Er schaut die Maxe dabei an, wird sogar ein bisschen rot. Er mag die nämlich, und wie. Aber das zeigt man natürlich nicht bei der Detektivarbeit. Und immer, wenn der Detektivfall abgeschlossen ist, ist die Maxe – flutsch – wieder weg. Da sind nämlich die Ferien vorbei. Ganz schöner Mist.

Doch Maxe liest jetzt unbeirrt weiter: »*Ferkel benötigen einen Ort, an den sie sich zum Ausruhen zurückziehen können. Sie lieben diesen Ort. Man braucht also eine Ferkelkiste, in der das Schwein immer sein wird, wenn es seine Ruhe haben will. Man muss Ferkel außerdem genau beobachten. Man merkt sofort, wenn sich die Haare sträuben,*

wenn es den Kopf hängen lässt. Dann ist mit dem Schwein etwas nicht in Ordnung. Daran kann man Angst, Krankheit, Nässe- und Kälteempfinden beobachten.
Ferkel spielen außerdem gerne. Ferkel spielen nicht nur, wenn sie Hunger haben, wie es bei anderen Tieren ist. Sie haben wie Kinder einen Spieltrieb. Sie wollen einfach so spielen. Wenn sie spielen, ist das ein sicheres Zeichen für Wohlempfinden. Ferkel springen sich dabei gegenseitig an, spielen Verstecken und so etwas wie ›Fang mich‹. Dabei werden laufend die Rollen vertauscht. Verfolgte und Verfolger wechseln, und die Ferkel quieken vor Vergnügen.
Verhaltensforscher meinen, dass das die Gespräche der Tiere sind. Die Ferkel wollen damit die Umwelt erkunden und sie trainieren spätere Lebensaufgaben, vielleicht im Freien.«
»Und was sollen wir damit?«, Emil schaut Maxe fragend an.
Die meint: »Damit können wir eine Menge machen. Das Tier spielt, genau wie ein Kind. Es vergisst, dass es sich verstecken will. Wir müssen also ganz aufmerksam durchs Haus schleichen und genau auf Geräusche und Spu-

ren achten. Eigentlich haben wir überall nachgeschaut. Aber vielleicht war es einfach kurz draußen und ist dann wieder hineingerannt. Wir müssen also drinnen und draußen aufmerksam sein.«

»Und vorbereiten! Spielenachmittag!«, Paule hält Mia und Maxe die Uhr hin. »Ihr müsst los. Das habt ihr schließlich versprochen.« Es ist schon zwei Minuten nach zwei geworden! Und wie ein Wutsch springen Mia und Maxe hoch, raus in den Garten, und beginnen mit der Vorbereitung der Spiele.

Emil und Paule hingegen sind den ganzen Nachmittag auf der Spur des Herrn Leonhardt. Sie stehen immer möglichst in seiner Nähe.

Was sich herausstellt: Milly ist eindeutig ziemlich verwöhnt, und seit das Schwein weg ist, hat sie sich einen richtigen Jammerton angewöhnt und bekommt offensichtlich noch mehr Aufmerksamkeit als sonst. Hein stellt inzwischen einfach auf stur. Die Mutter besteht ganz hart darauf, jeden Tag mit ihm zu lernen. Und dazwischen wuselt der Vater herum, nervös, wie unter Druck. Versucht, nett zu seiner

Frau zu sein und gleichzeitig Hein aufzumuntern, ohne Milly zu vernachlässigen, versteht sich – immerhin ist deren Schwein weg.
Herr Leonhardt rennt in den Garten, raucht eine. Herr Leonhardt rennt ins Haus, unterhält sich mit seiner Frau. Herr Leonhardt rennt nach draußen, raucht eine. Herr Leonhardt spricht mit Milly und Hein, sie planen für den nächsten Tag einen Ausflug. Herr Leonhardt rennt wieder hinaus. Herr Leonhardt rennt eigentlich immer.
»Und richtig lächeln kann der auch nicht«, meint Emil, »da ist immer was Gezwungenes.«
»Eindeutig, der steht unter Druck«, meint Paule fachmännisch. Sie bleiben dran.

Dann, irgendwann am Nachmittag, kommt Milly auf einmal angerannt und ruft: »Da ist ein Schwein überfahren worden. Hier in der Zeitung steht's. Das war bestimmt Zilly.« Und sie bricht in Tränen aus.
Frau Leonhardt schlägt entsetzt die Hände vors Gesicht, Herr Leonhardt nimmt Milly in den Arm. Nur Hein bleibt ganz ruhig.

Die beiden Mädchen haben davon nichts mitbekommen. Während sie die Rasenfelder einteilen, stöhnt Mia: »Wäre das schön, wenn wir jetzt das Baumhaus hinten bauen könnten. Das, was wir schon letztes Jahr geplant haben. Aber wir haben nie Zeit, nie, nie, nie.«

»Wär auch toll, wenn wir das mit allen Kindern zusammen machen könnten. Das fände ich supertoll, hinten in der Ecke einfach ein großes Baumhaus bauen. Die Väter könnten mitmachen, alle. Ist doch schöner als so ein blöder Spielenachmittag«, stimmt Maxe sofort zu.

Das finden beide, aber es nützt nichts, der Spielenachmittag ist angekündigt. Und eigentlich freuen sie sich ja auch drauf. Nur jetzt, jetzt gerade, gibt es noch so viele andere Dinge zu tun. Und das Schwein ist immer noch weg! Aber sie haben Oma Moll versprochen, bei den Vorbereitungen zu helfen.

Oma Moll hat heute Vormittag die restlichen Preise besorgt. Außerdem hat sie Fähnchen gekauft, damit sie die Bahnen auf dem Rasen abstecken können.

Mia und Maxe sind dennoch nur halbherzig dabei. Denn eigentlich müssten sie sich mit weiteren Spuren befassen. Aber ihre Pflicht als Kinderaufpasser, zusätzlich zu der Frühstücksbetreuung, die ist nun mal da. Und sie halten ja zu ihrer Oma. Klar.

Da kommt Emil angerannt: »Wisst ihr was? Zilly ist vielleicht überfahren worden!«
Maxe und Mia schauen ihn entsetzt an: »WAS?«
»Ja, es stand in der Zeitung und ...« Emil wirft einen Blick auf Mia, die scheint den Tränen nahe zu sein. Da legt er ihr freundschaftlich den Arm um die Schultern: »Hei, wart erst mal ab. In der Zeitung steht nur, dass es ein Unfall war mit *irgendeinem* Schwein. Es ist noch überhaupt nicht klar, ob es Zilly war. Herr Leonhardt versucht gerade, was darüber rauszufinden.«
Das tröstet Mia ein bisschen. Und Maxe findet, dass Emil manchmal richtig nett sein kann.
»Und was ist mit eurer Erpresserspur?« Maxe versucht schnell, das Thema zu wechseln. Sie mag lieber auch nicht daran denken, was wäre, wenn Zilly tatsächlich überfahren worden wäre ...
Emil schüttelt den Kopf. »Bisher kein Zeichen für eine Erpressung zu erkennen. Der Leonhardt steht zwar gewaltig unter Druck, aber ich glaube wirklich, dass das mehr mit seiner

Familie zu tun hat als mit irgendwelchen Erpressern.«

Mia nickt zustimmend. »Ich finde die Mutter so doof. Jeden Tag muss Hein mit ihr lernen, und das mitten in den Ferien! Das hält doch kein Mensch aus!«

Oma Moll, die gerade dazugekommen ist, hört den letzten Satz und sagt: »Ich finde es zwar auch doof, aber was soll so eine Frau denn machen, wenn der Hein schlecht in der Schule ist? Die will doch nur, dass ihr Junge weiterkommt. Dass aus ihm was wird, im Leben. Die will doch nur das Beste. Ich wüsste, ehrlich gesagt, nicht richtig, was ich da machen sollte.«

»Aber Oma!« Maxe guckt sie ganz ungläubig an. Was ist mit Lehnstuhlstunden und spinnigen Geheimnissen? Was soll man denn von so einer strengen Oma halten, die Lernen in den Ferien verteidigt?

Aber jetzt haben sie keine Zeit, weiter darüber nachzudenken. Zum Glück auch nicht über den Schweineunfall. Denn Emil muss wieder zu Paule, Leonhardts beobachten. Und Mia und Maxe müssen ihre Spiele weiter vor-

bereiten: Zuerst markieren sie die Ziellinie. Wer da beim Eierlauf, beim Sackhüpfen oder Luftballonwettlauf zuerst drüberhüpft, hat gewonnen. Sie stecken zwei Fähnchen in die Erde, eins rechts und eins links. Außerdem stellen sie in einer Ecke Kisten und Kartons für die Tiere auf. Dort können sie warten, bis die Kinder wieder Zeit für sie haben.
Danach verziehen sich Mia und Maxe in das Detektivzimmer, jetzt aber nicht, um Detektivaufgaben zu lösen, sondern um für den kommenden Nachmittag schon mal die Reihenfolge der Spiele aufzuschreiben, damit sie da völlige Klarheit haben. Oma hat ihnen erklärt, dass man alles vorher möglichst genau planen muss, damit nichts schief läuft.
Und dann warten sie. Worauf? Dass der Fall sich aufklärt. Endlich! Oder ob er schon erledigt ist?
War das überfahrene Schwein wirklich Zilly?

Am Abend sitzen Mia und Maxe wieder mit ihrer Oma im Lehnstuhl. Eben haben sie Papa angerufen. Sie haben ihm erzählt, dass es ihnen richtig gut geht. Als Papa gefragt hat, ob sie denn wieder einen Detektivfall haben, haben sie einfach geschwiegen. Lügen wollen sie ja nicht. Und außerdem ist es diesmal anders: Dieser Fall ist nicht so gefährlich. Es sei denn, Herr Leonhardt würde wirklich erpresst. Aber das kann sich keiner mehr so richtig vorstellen.

Oma Moll nimmt ihre beiden Rotschöpfe in den Arm. Mia seufzt. »Denkst du auch an Opa Kurt? Was der wohl zu so einer Schweine-Geschichte sagen würde?«

Oma überlegt. »›Verrückt‹, würde er sagen. Und heimlich in seinen Bart lachen. Bestimmt würde er es ein bisschen lustig finden. Aber noch bestimmter hätte es ihm gar nicht gefallen, dass wir ein Schwein im Hotel haben.«

»Und eine Schlange«, sagt Maxe.

»Und einen Papagei«, sagt Mia.

»Und überhaupt ganz viele Tiere und Kinder und Eltern und Omas. Aber jetzt ist es gut so, wie es ist. Und schön ist es geworden, nach dem Umbau. Und schön ist, dass ihr da seid.«

»Das ist das Allerschönste«, flüstert Mia.

Oma wiegt ihre beiden ein bisschen und flüstert noch einmal: »Gut, dass ihr da seid.« Und dann sagt Oma Moll ihr Lehnstuhl-Gebet, dass sie schon kennen:

»Lieber Gott, ach bring uns Glück,
jeden Tag ein großes Stück.
Mach Entführer sanft und zahm,
ängstlich, zittrig und auch lahm.
Gib uns bitte Riesenkraft,
Grips, der solche Leute schafft.
Mach uns nicht vor Angst ganz krank.
Wir sagen dir auch großen Dank.«

Und Mia fügt hinzu:

»Schick zurück das Zilly-Schwein,
Ach, das wäre superfein.«

Und Maxe reimt lachend weiter:

»Dann könnten wir auch's Baumhaus
machen
und viele andere Feriensachen.«

»Und wenn jetzt der Fall vorbei wäre?«, fragt Oma.

»Dann …«, beginnt Maxe.
»… dann«, macht Mia weiter, »dann wären das gar keine richtigen Omaferien.«
»Omaferien«, sagt Maxe, »sind Detektiv-, Lehnstuhl- und Oma-Kuschelstunden-Ferien. Alles. Und nichts darf fehlen.«

Schweinerennen
oder
Eine Entdeckung

Als Oma Moll spät an diesem Abend noch einmal durch ihr Hotel streift – Mia und Maxe sind schon im Bett –, da hört sie Herrn und Frau Leonhardt streiten. Eigentlich stellt sich eine Oma nicht an Türen und lauscht. Aber die beiden schreien so laut, dass Oma Moll sie noch mitten auf dem Flur verstehen kann.

Da kommen Satzfetzen wie: »Soll ich etwa nicht mehr mit Hein üben?« Die Stimme der Mutter überschlägt sich.

»Du machst uns die ganzen Ferien kaputt!« Der Vater mit ziemlich aufgeregter, angespannter, lauter Stimme.

»Endlich«, murmelt Oma Moll. »Endlich wird es mal gesagt.«

»Der Junge ist doch so schlecht in der Schule«, wieder die Stimme der Mutter.
»Lass ihm doch die Ferien. Er soll sich erholen. Wir wollen uns alle erholen.« Der Vater räuspert sich. »Auch Hein!«
Pause. Dann: »Wir brauchen fremde Nachhilfe«, das war noch einmal der Vater. Danach nur Schluchzen. Wahrscheinlich legt Herr Leonhardt jetzt den Arm um seine Frau. Er ist oft ganz schön lieb zu ihr. Und sie macht sich Sorgen. Doch jetzt ist es endlich herausgekommen.
»Endlich, ja.« Oma Moll steht vor der Tür und nickt.
Dann hört sie, leiser, aber noch immer zu verstehen, die Stimme der Mutter: »Was wollen wir denn jetzt machen? Auch wegen dem Schwein und ...« Was sie weiter sagt, kann Oma Moll nicht hören. Aber noch ein paar Wortfetzen des Vaters schnappt sie auf: »... habe eine Idee ... Hein ... und der Bauer ...«
Oma Moll geht weiter. Sie geht durch die dunklen Flure. Der Mond steht hoch oben rund am Himmel. Er glänzt.

Am nächsten Morgen unterrichtet Oma Moll Mia und Maxe sofort von dem, was sie am Abend zuvor gehört hat. Eigentlich will sie es nicht, aber dann fühlt sie sich verpflichtet. Wenn sie die Hotelbande auf den Fall hetzt, dann muss sie die Detektive auch über alles informieren, was sie selbst herausbekommt.
Nach dem Frühstück treffen sich Emil, Paule und die beiden Mädchen genau um zehn Uhr zur Detektivsitzung. Und natürlich auch, um die letzten Dinge für den Spielenachmittag zu klären. Mia hat nämlich gemerkt, dass ihnen noch Obst, Gemüse und andere Leckereien für die Tiere fehlen. Denn sie wollen ja auch mit den Tieren kleine Spielchen machen. Maxe will ganz schnell losrennen zu der Metzgerei, da will sie fragen, was zum Beispiel Kaninchen gerne essen.
»Da ist eine Metzgerei doch ganz falsch!«, meint Emil.
»Trotzdem, ich will da fragen. Schweine zum Beispiel würden vielleicht ein Stückchen Fleisch essen.«
»Außerdem ist heute Sonntag.« Emil weiß wirklich alles besser.

Aber Paule sagt: »Zwei Straßen weiter ist ein kleiner Tante-Emma-Laden, die sind eine Ausnahme, die haben immer auf, auch sonntags. Dort kriegst du bestimmt noch was für die Kaninchen, den Papagei und die Schlange.«
Auch wenn Mia keine Ahnung hat, was Papageien, Kaninchen oder Schlangen fressen, rennt sie los, um in dem Tante-Emma-Laden zu fragen. Schon nach fünf Minuten kommt sie ganz aufgeregt zurück: Sie hat auf einem kleinen Plakat entdeckt, dass es heute Nachmittag auf einem Bauernhof am Stadtrand ein echtes Schweinerennen gibt!
Atemlos erzählt sie es den anderen und fügt hinzu: »Dahin ist unser Schwein entführt worden. Ganz klar. Es ist schließlich ein Rennschwein. Jemand hat das Plakat in der Metzgerei oder in der Bäckerei gesehen. Und dann ist er gekommen, hat unser Schwein entdeckt und hat es einfach mitgenommen. Wir müssen zu dem Schweinerennen.«
»Wir haben doch den Spielenachmittag. Das geht nicht«, wirft Maxe ein.
»Außerdem ist das doch Quatsch«, wiegelt Emil ab. Und vorsichtig fügt er hinzu: »Und

vielleicht ist Zilly ja auch überfahren worden.«
Paule aber sagt bestimmt: »Kann sein, dass Zilly überfahren worden ist. Kann aber auch nicht sein – es ist sogar ziemlich unwahrscheinlich. Der Unfall war nämlich am anderen Ende der Stadt, da hätte Zilly schon fast unbemerkt in die U-Bahn steigen müssen, um dahin zu

kommen. Und ganz in der Nähe vom Unfallort ist ein kleiner Bauernhof, der Schweine im Freien hält. Auch Ferkel. Die sind nicht größer als ein Minischwein.«

Alle gucken Paule erstaunt an. »Woher weißt du denn das?«

Paule zuckt mit den Achseln: »Ich hab Herrn Leonhardt eben getroffen und ihn gefragt. Er hat rumtelefoniert, nachdem das gestern in der Zeitung stand und Milly so traurig war. War wohl nicht leicht, was rauszufinden, weil die Polizei sich nun mal für Schweine nicht interessiert. Wir können also nicht ganz sicher sein. Aber die Chancen stehen gut, dass es *nicht* Zilly war.«

»Echt?«, fragt Mia und strahlt. Und als Paule nickt, sagt sie schnell: »Aber dann muss wirklich einer zu dem Schweinerennen gehen. Muss einfach!«

Maxe stimmt jetzt zu: »Ja, Detektivsache ist Detektivsache, und wir haben gesagt, dass wir jeder Spur nachgehen, oder?« Sie wirft Paule und Emil einen bedeutungsvollen Blick zu. Die wollten schließlich am Anfang auch unbedingt die Metzgerei überprüfen!

Jetzt nicken auch die beiden Jungs. »Am besten wäre natürlich, wenn zwei gingen. Wenn man das Schwein tatsächlich findet und zurückholen muss, dann sind zwei besser.« Emil versucht logisch zu denken. Und recht hat er, das verstehen auch die anderen.

»Das wird nicht leicht sein«, Paule kratzt sich am Kopf.

Am Ende beschließt die Hotelbande Folgendes: Mia und Maxe werden wie versprochen den Spielenachmittag betreuen, während Paule und Emil mit den Rädern zum Schweinerennen fahren. Heimlich, denn dafür würden sie bestimmt keine Erlaubnis bekommen. Sie haben auf den Stadtplan geguckt, wo genau das ist, und es ist zum Glück gar nicht so weit.

Wenn sie Zilly tatsächlich beim Schweinerennen finden, dann müssten sie Zilly kapern, fangen, zurückerobern, mitnehmen.

Und falls was schief geht, es gefährlich wird oder sie irgendwie Hilfe brauchen, werden Paule und Emil sich bei Mia und Maxe auf dem Handy melden.

»Der Fall wird spannend«, meinen alle vier und nicken.

Im Garten sind Tische aufgestellt. Es ist warm, wie es sich gehört im Sommer. Mia und Maxe haben beschlossen, als Erstes mit den Hotelkindern Eierlauf zu machen. Dafür sind Bahnen abgesteckt. Danach kommen andere Spiele wie Sackhüpfen, Kaninchenrennen, Purzelbäume schlagen.
Oma Moll hat viele wunderbare Preise besorgt. Der Hauptpreis ist ein Dinosaurierlexikon. Der zweite Preis sind Eintrittskarten ins Dinosauriermuseum. Es gibt Bücher und Wachsmalstifte und eine ganze Reihe weiterer kleiner Preise. Und als Trostpreise folgen kleine Plastikdinosaurier und Ritter. Sogar ein paar Drachen sind dabei. Alle Preise sind vorne an der Ziellinie auf einem der großen Tische aufgestellt.
Als Jana mit ihrem Papagei auf der Schulter kommt, ruft sie aufgeregt: »Ich will den Hauptpreis!«
»Ich will den Hauptpreis, den Hauptpreis«, tönt der Papagei herum. Alle lachen.
Wer den Hauptpreis kriegt, darf auch auf das Siegerpodest. Maxe und Mia haben dafür extra drei unterschiedlich große Holzkisten

nebeneinander gestellt. Auf der größten wird dann der Sieger stehen.
Und los geht's mit dem Eierlauf! Immer wieder schaut Maxe zwischendurch nervös auf die Uhr und auf ihr Handy, ist innerlich bei Paule und Emil, die jetzt bestimmt schon beim Schweinerennen angekommen sind …
Mia gibt den Startschuss für den Eierlauf der Kleineren. Maxe steht an der Ziellinie und guckt ganz genau, wer als Erster drüberhüpft. Ein Junge mit dunklen Haaren und schwarzen Knopfaugen schafft es. »Sieger!«, verkündet Maxe, und der Kleine strahlt über das ganze Gesicht.
Jetzt kommt die zweite Runde Eierlauf für die etwas Größeren. Da flattert auf einmal der Papagei von Janas Schulter. Maxe erschrickt! Doch der Papagei fliegt gar nicht weg, sondern schnappt mit seinen kräftigen Klauen einfach das Ei von Janas Löffel und fliegt damit ins Ziel, lässt es fallen und krächzt: »Hauptpreis!«
Das Ei zerbricht mit einem lauten Platsch!, die Kinder lachen und lachen.
»Du pfiffiges, vorlautes Kerlchen hast wirk-

lich den Hauptpreis verdient.« Oma Moll lacht mit. Sofort läuft sie ins Haus, holt einen Bogen Hotelpapier und schreibt groß mit Filzstift darauf:

PAPAGEIEN-HAUPTPREIS.

Darunter schreibt sie in kleiner Schrift:

Gutschein für eine Knabberstange
nach Wahl

Damit rennt sie zurück auf die Spielwiese.

Emil und Paule sind ganz schön aufgeregt! Ob sie wirklich bei dem Schweinerennen die kleine Zilly finden? So schnell sie können, fahren sie auf ihren Rädern den Hinweisschildern nach,

die überall aufgehängt sind, um den Weg anzuzeigen – denn natürlich sollen zu dem Schweinerennen viele Zuschauer kommen.
Schließlich kommen sie beim Rennen an. Es ist etwa eine halbe Stunde vor dem geplanten Start. Auf der Rennbahn ist noch kein Schwein in Sicht. Mist! Wäre ja auch zu schön gewesen, wenn hier plötzlich Zilly herbeigeflitzt wäre, und wutsch!, wäre sie den Jungen in die Arme gesprungen und wutsch!, wären sie mit ihr weg!
Um die Rennbahn herum, besonders natürlich bei der Start- und Ziellinie, stehen schon sehr viele Zuschauer. Ein paar laufen auch umher, kaufen Würstchen oder Saft, die Papas auch Bier, oder sie schauen sich das Gelände an.
Die Schweine werden inzwischen auf das Rennen vorbereitet, ihre Besitzer sind bei ihnen. Die Schweine sind entweder in einer Box oder noch im Auto, auf den großen Ladeflächen der Kombis. Sie werden gefüttert, gestreichelt, verwöhnt. Ihnen wird zugeflüstert: »Du schaffst das!« Jedes Schwein soll natürlich das Beste sein … Emil und Paule versuchen, Blicke auf die Schweine zu werfen, die durch eine

Absperrung vor den Zuschauern geschützt werden. Einige können die Jungen trotzdem sehen. Aber nach Zilly sieht das nicht aus!
»Mal ernsthaft«, Paule denkt laut, »Zilly ist jetzt seit zwei Tagen weg. Könnte sie da wirklich schon bei einem Rennen starten?«
Emil schüttelt den Kopf: »Eigentlich nicht. Für so ein Schweinerennen muss ein Schwein doch bestimmt trainiert werden, damit es überhaupt auf das Startzeichen reagiert und so.«
Paule nickt. »Trotzdem«, sagt er dann. »Lass uns weitersuchen. Vielleicht brauchte ja jemand Zilly als Reserveschwein.«
»Dann würde sie allerdings nicht auf der Rennstrecke auftauchen.«
Mist, Emil hat recht. Also müssen die beiden Jungen doch alle Autos und Boxen und Kisten abklappern. Müssen sich hinter die Absperrung schleichen und dort genau nachgucken.
Da drüben zum Beispiel ist ein dunkles, borstiges Schwein – aber nein, selbst wenn sie Zilly eingefärbt hätten, das könnte sie nicht sein! Bestimmt nicht!
Da ist ein richtig fettes Schwein, ziemlich lang, Hängebauchschwein. Paule und Emil müssen

grinsen. Wie das wohl über die Strecke kommen will. Niemals!
Als Nächstes sehen sie drei kleine niedliche rosa Schweinchen. Denen nähern sie sich. Das eine ähnelt irgendwie Zilly. Ob das sogar Zilly ist? Was hatte Milly gesagt: Zilly hat einen schwarzen Fleck am rechten Ohr. Sie versuchen, ganz nah heranzukommen, aber das Schweinchen dreht ihnen genau das linke Ohr zu. Da geht Emil schnell um die ganze Box herum: Am rechten Ohr ist kein schwarzer Fleck, nicht mal ein winziges Pünktchen. Keine Zilly. Pech gehabt.
Hinten wird schon der Start vorbereitet. Es ertönt eine Glocke, das heißt, die Schweine für das erste Rennen sollen sich langsam dem Startblock nähern. Auch Paule und Emil flitzen zur Rennbahn zurück. Am Start sind Boxen abgetrennt, vor jeder Box hängt ein Holzbrett. Beim Start wird das Brett angehoben und die Schweine rennen los.
»Wie die das wohl hinbekommen, dass die Schweine genau zum richtigen Zeitpunkt losrennen?« Paule ist echt gespannt.
Das erste Schwein heißt Borstel, das zweite

Fliegender Pfeil. Emil grinst. Der Bauer, der dazugehört, ist eher eine runde Kugel.
Aber Paule und Emil besinnen sich sofort: Ihre Aufgabe ist es, Zilly zu suchen. Da kommt ein kleines, rosa Schwein. Ob das beim Rennen mithalten kann? Aber Zilly ist das auch nicht. Sieht ihr zwar ähnlich, ist aber dicker. Oder haben Paule und Emil noch nicht den geübten Schweineblick? Gut, dass sie sich wenigstens am ersten Tag alle zusammen Zilly genau angeguckt haben. Da haben sie Witze gemacht – von wegen, »Schwein gehabt« und so – und waren

gleichzeitig wahnsinnig stolz: Bestimmt waren sie das einzige Hotel in der Stadt mit einem echten, lebendigen Gästeschwein! Mia hatte sogar überlegt, ob das Schwein ein Glücksschwein für das Hotel werden würde. So eine Art Maskottchen. Und Emil hatte gewitzelt, dass sie jetzt Postkarten mit Hotelschwein als Werbung verschicken könnten. Sie hatten sich gekringelt vor Lachen – und zum Glück hatten sie sich Zilly dabei sehr genau angeguckt.

Die Schweine am Start haben jetzt die Ohren weit aufgerichtet. Das nächste Rennen beginnt gleich! Die beiden Hoteldetektive wissen ja inzwischen, dass die Ohren beim Schwein verraten, wie Schwein sich fühlt. War Maxes Lexikon-Vortrag doch hilfreich! Diese Schweine hier sind alle hellhörig, gespannt. Da kommt ein Knall, der Start, gleichzeitig gehen die Bretter hoch. Die Tiere werden von hinten angeschubst, rennen los. Das rosa Schwein ist vorne. Ein Mann am Lautsprecher kommentiert das Ganze: »Wieder mal ist Katharina Wunderland vorne!«

Das muss das rosa Schwein sein.

»Jetzt holt Borstenwilli auf.«

Das ist wohl der mit dem schwarzen Streifen auf dem Rücken. Im Schweinsgalopp rennt er an dem rosa Schwein vorbei. Aber das dritte Schwein, auf der dritten Bahn – was ist mit dem? Das ist ein ganz stilles, kluges. Schlau wie Schwein! Läuft erst ganz gemächlich und dann, zwanzig Meter vorm Start, spannt es auf einmal die krummen Beine an und jupp! jupp!, rennt es weit, weit vor den anderen ins Ziel. Juchhu!

»Die Sieger des zweiten Rennens ist Adelheid!«

Alle jubeln. Als Zweites kommt Borstenwilli, verloren hat Katharina Wunderland. Aber alle Besitzer nehmen ihre Schweine in den Arm, streicheln sie: »Fein gemacht.« Die Schweine bekommen Zuckerle. Das mögen auch Rennschweine sehr, sehr gerne.

Über all dem hätten Emil und Paule fast vergessen, dass sie als Detektive in einer Mission hier sind und nicht zu ihrem Vergnügen. Schnell flitzen sie zu den anderen Boxen. Drei Rennen gibt es, also weitere sechs bis acht Schweine, die sie sich ansehen müssen, um zu überprüfen, ob Zilly dabei ist. Aber es sieht gar nicht danach aus. Paule schreibt Maxe schnell eine SMS als Zwischenmeldung:

Zilly nicht in Sicht.

Als die beiden zur Startbahn zurückrennen wollen, entdeckt Emil noch einen kleinen Käfig. Der steht ganz am Rand. Darin sitzt ein rosa Schwein, das so wie Zilly aussieht. Emil pirscht sich vorsichtig ran, doch der Besitzer sieht ihn und faucht unfreundlich: »Schweine streicheln ist verboten.«

Der ist echt doof. Superdoof!

»Hau ab! Mach mir mein Schwein nicht nervös!«, setzt der Typ nach und macht einen drohenden Schritt auf Emil zu. Da verdrückt sich Emil lieber hinter den anderen Autos. Aber als der Schweinebesitzer mit einem anderen Schwein zur Rennbahn geht, schleichen Paule und er noch mal zurück zu genau dem Käfig. Emil hebt das Ohr des Schweinchens hoch. Nein, kein schwarzer Fleck, keine Zilly. Mist, Mist und noch mal Mist!

Im Hotelgarten geht gerade die zweite Runde Sackhüpfen los. Mia und Maxe haben die Kinder wieder in zwei Gruppen geteilt. Mit einer großen Rassel wird der Startschuss gegeben. Maxe spielt die Reporterin: »Jana und Felix hüpfen los. Nach kleinen Startschwierigkeiten kommen sie in Fahrt. Beide geben ihr Bestes. Jana ist vorne! Felix folgt mit Riesensprüngen! Felix führt! Aber Jana hüpft ihm dicht auf den Fersen!«

Janas Pferdeschwanz wippt. Schließlich hüpfen die beiden gleichzeitig durchs Ziel.

»Gewonnen, gewonnen!«

Ein Vater hat sogar Fotos mit seiner Digitalkamera gemacht. Da kann man genau sehen: Die Nase von beiden war gleichzeitig im Ziel. Beide bekommen einen Preis.

Da entdeckt Maxe die SMS von Paule. »Mist«, murmelt sie. Sie steht hinter Herrn Leonhardt, der sich erschrocken umdreht: »Reichen die Preise nicht?«

»Doch, doch.« Maxe winkt ab. Preise hat Oma Moll wirklich genügend besorgt. Herr Leonhardt, fällt Maxe auf, macht im Moment gar keinen gehetzten Eindruck. Maxe denkt: »Mit dem ist wirklich nix. Diesmal hat Paule sich geirrt.«

Da piept ihr Handy wieder, schnell schaut sie auf den Display: *Machen uns in zehn Minuten auf den Weg. Kein Ergebnis.* Das hat Paule geschrieben. Maxe guckt schnell zu Milly rüber. Die steht unter dem Birnbaum, guckt wütend oder traurig, so genau kann Maxe das nicht erkennen. Aber ist ja klar: Alle anderen haben ihre Haustiere mitgebracht – nur sie ist ohne ihr Schwein. Milly ohne Zilly.
Hein jedoch steht mit zwei anderen Jungen vor der Kaninchenkiste, greift rein, streichelt das schwarzbraune. Hein sieht fröhlich aus. Klar, wo er endlich mal nicht lernen muss, denkt Maxe bitter.
Danach werden andere Spiele gemacht, genau so wie Mia und Maxe es vorbereitet und geplant haben. Herr Leonhardt hilft ihnen, Herr Leonhardt gibt den Startschuss und spielt Linienrichter, Herr Leonhardt macht die Fotos an der Ziellinie, Herr Leonhardt verteilt Trostpreise.

Als sie schließlich am Abend im Detektivzimmer zusammensitzen, da erzählen Paule und Emil von dem Schweinerennen. Sie erzählen,

was für Süßigkeiten die Schweine als Lockfutter bekommen. Sie erzählen auch, dass ein Bauer ihnen erklärt hat, wie man mit Schweinen trainiert, damit sie gute Rennschweine werden.
Maxe und Mia erzählen von den Spielen, und Maxe fasst ihre Beobachtungen zu Herrn Leonhardt zusammen. »Der sieht wirklich nicht aus, als ob er erpresst würde«, schließt sie.
Da sagt Paule einfach so: »Sollen wir nicht noch einmal durchs ganze Haus gehen?« Doch nur Emil will mitgehen. Mia und Maxe sind nach so einem langen Tag total müde und wollen einfach nur in die Badewanne. Und dann zu Oma in den Lehnstuhl.
Also streifen Paule und Emil allein durchs Haus. Flitzen durch die Gänge, laufen die Treppen hoch. Als sie ganz, ganz oben sind, hören sie plötzlich Geräusche vom Dachboden. Sie schleichen hinauf. Wirklich, da klappert was! Schnell holen sie Mia und Maxe, denn egal wie müde die beiden sind: Wenn es auf dem Dachboden klappert, ist ein echter Detektiv zur Stelle. Detektivsache ist schließlich Detektivsache!
Zu viert schleichen sie hinauf. Auf dem Dach-

boden muss etwas sein, jetzt sind sie sich alle sicher. Da sind auffällige Geräusche. So ein Tippeln und Trappeln und Rennen. Was ist das? Wer ist da?
Die vier öffnen vorsichtig die obere Tür zum Dachboden, lauschen. Nichts. Mia zeigt nach vorne, auf den Boden. Da sind Fußspuren! Schuhspuren! Aber ein Schwein läuft nicht in Schuhen. Pech! Die Schuhgröße ist schwer zu schätzen, größer als Mias und Maxes, kleiner als Paules. Blitzschnell kramt Paule einen Streifen Tesafilm aus seiner Hosentasche und

versucht, einen Abdruck zu nehmen. Es liegt viel Staub, und in dem Staub sieht man gegen die untergehende Sonne, dass er frisch aufgewirbelt wurde. Da muss vor kurzem jemand gewesen sein!
Mit klopfendem Herzen schleichen sie weiter. Das Licht, das schräg zum Bodenfenster hineinfällt, blendet sie. Alle halten den Atem an: Was, wenn da plötzlich jemand zuschlägt? Der könnte hinter dem Schrank stehen, einfach warten, versteckt. Sie ziehen den Kopf ein – Deckung, volle Wachsamkeit! Sie halten die Arme schützend über den Kopf, gehen ganz langsam. Schatten und Licht. Sonnenstrahlen tanzen.
»Da«, zeigt Mia. Jetzt sehen sie ganz deutlich Laufspuren auf dem Dachboden. Tierspuren! Sind das Schweinespuren? Oder Mäuse? Ratten? Paule nimmt schnell einen Abdruck. Sie gehen den Spuren nach, vorsichtig, ganz am Rand, damit sie nichts verwischen. Doch schon verlieren sich die Spuren. Hier wird es dunkler. Sie dürfen aber kein Licht anmachen. Hier ist jemand! Oder wenigstens ist jemand hier gewesen. Vor kurzem.

Mit Herzklopfen schleichen sie weiter zwischen all den alten Schränken, die früher in den einzelnen Hotelzimmern gestanden haben. Lauschen immer wieder, halten an. Wenn doch nur der Fußboden nicht so verdächtig knarren würde. Dielenboden aus Holz!
Sie bleiben stehen, halten den Atem an. Nichts. Sie gehen weiter. Da knackt es. Noch einmal knackt es. Da ist jemand! Das Knacken ist jetzt ganz deutlich.
»Ich will hier weg«, Mia zittert.
»Ein guter Detektiv macht weiter.« Maxe legt ihr den Arm um die Schultern.
Sie lauschen, überlegen blitzschnell, wie sie im Notfall zum Ausgang kommen können. Stille jetzt. Kein Knacken mehr. Sollen sie zurückgehen? Nein. Sie müssen wissen, was hier los ist. Ein guter Detektiv gibt nicht auf.
Sie beginnen, einen Schrank vorsichtig zu öffnen, nur einen Spalt. Schauen hinter die Schränke, schauen zwischen die Schränke, öffnen einen Schrank nach dem anderen. Schauen und schleichen. Weiter!
Da machen sie eine große Entdeckung.

Zwischen all den anderen Schränken und Möbeln und Kisten steht ein alter Brotschrank, der eine durchlöcherte Tür hat. Und als sie die Türen von diesem Brotschrank öffnen, sitzt da, in einem gemütlichen Nest – Zilly, das Schwein! Sitzt, blinzelt und grunzt einmal leise und vergnügt, als es die Kinder sieht.
Neben dem Schrank aber sitzt –
»Hein!«, schreit Mia verblüfft.

Ja, tatsächlich, da sitzt Hein, mit trotzig-hochrotem Kopf und kläglich zitternd zugleich.
»Hein, was machst du denn hier?«, Paule und Maxe fragen fast gleichzeitig.
»Ich … ähm … also ich meine … ich …«, Hein holt tief Luft, und jetzt platzt es aus ihm heraus: »Mama und Papa sind so gemein! Ich wollte schon die ganze Zeit ein Haustier haben. Am liebsten ein Schwein. Ein Freund von mir hat nämlich auch eins. Aber meine Mutter hat immer gesagt: ›Nein, Hein, deine Noten sind sooo schlecht, ein Haustier lenkt dich nur noch mehr ab. Und dann auch noch ein Schwein, was für eine Idee!‹ – ›Nein, Hein, du hast sowieso keine Zeit, dich um ein Tier zu kümmern, du musst doch in den Ferien lernen, damit deine Noten nächstes Schuljahr besser sind.‹«
Hein ahmt perfekt die hohe Stimme seiner Mutter nach.
»Und wieso hat dann Milly ein Schwein bekommen, wenn du eigentlich eins wolltest?« Das ist Mia, die das fragt. Hein tut ihr irgendwie leid.
Hein ballt die Fäuste und erklärt grimmig:

»Na ja, meine liebe Schwester ist eines Tages nach Hause gekommen und hat gesagt, dass sie ein Schwein will. Einfach so. Und Mama sofort: ›Na gut, mein Schätzchen, wenn du versprichst, dass du weiter so brav für die Schule lernst, dann kriegst du ein Schwein.‹ Und Milly hatte nur Einser und Zweier im Zeugnis! Hat sie schon immer gehabt! Na, und dann hat sie Zilly gekriegt!«

Mia, Maxe und Paule wechseln einen Blick. Ganz schön ungerecht ist das! Nur Emil starrt Hein noch ein bisschen misstrauisch an. Aber der fängt auf einmal an zu schluchzen: »Ich wollte Milly ja gar nicht so einen Schrecken einjagen mit dem blöden Schwein. Ich wollte Zilly nur einfach mal für mich allein haben, wenigstens ein paar Tage lang, versteht ihr? Ganz für mich allein! Nicht nur dann, wenn Milly gerade mal keine Lust hat, ihr Schwein auszuführen …«

Er wischt sich die Tränen aus den Augen: »Na, und da hab ich Zilly hier oben versteckt. Das geht ganz einfach. Schweine sind nämlich ganz ruhig, wenn sie zufrieden sind. Und sooft es ging, bin ich hier raufgekommen, hab

sie gefüttert und gestreichelt und mit ihr gespielt …«
Er sieht die Hotelbande erwartungsvoll an: »Und was macht ihr jetzt? Sagt ihr alles meinen Eltern?«
Einen Moment lang herrscht Schweigen. Kein Geräusch dringt an diesem Abend zu ihnen auf den Dachboden hinauf. Und dann sagt Paule: »Quatsch. Wir verraten dich doch nicht.«
Und Mia fügt hinzu: »Das ist doch total gemein, was deine Eltern da gemacht haben!«
Maxe nickt. Nur Emil sagt leise: »Aber in Ordnung ist das auch nicht, was du da gemacht hast. Ich mein, deine Schwester … die hat echt 'n Schreck gekriegt, die dachte zuletzt, ihr Schwein wäre überfahren worden!«
Die anderen nicken. Das stimmt, in Ordnung war das vom Hein nicht. Aber …
»Aber was hättest du denn an Heins Stelle gemacht?«, fragt Maxe.
Emil zuckt die Schultern. »Ich weiß ja auch nicht. Ich find's ja auch gemein. Trotzdem.«
Hein guckt ihn an: »Ich weiß ja, dass ich Mist gebaut hab.«
Da nickt Emil. Und sagt: »Wir verraten dich

nicht. Bleibt nur noch ein Problem: Was machen wir mit Zilly?«
Maxe legt den Kopf schief: »Ich hab da eine Idee. Das können wir allerdings erst morgen früh machen. Aber Zilly kann ja noch eine Nacht hier bleiben, oder?«
Hein nickt. Da fährt Maxe fort: »Also, hört mal zu …«
Und so schmieden die vier von der Hotelbande nach ihrer großen Entdeckung noch einen großen Plan. Aber der muss natürlich erst mal völlig geheim bleiben.

Des Rätsels Lösung
oder
Schweine ohne Ende

Am nächsten Morgen, es ist Montag, steht Herr Leonhardt ganz früh auf und fährt mit seinem Auto weg. Wo will er nur hin? Er hat doch bisher immer in Ruhe mit seiner Familie gefrühstückt … Mia schüttelt den Kopf. »Merkwürdig«, denkt sie. Paule ärgert sich. Was macht Herr Leonhardt nur? Ob er abreist und die Familie erst am Ende der Woche abholt? Die vier Detektive haben keine Ahnung.
Aber da hört Paule die Mutter sagen: »Papa kommt gegen halb elf zurück.« Und sie zwinkert dabei so, als hätte auch sie ein Geheimnis.

Das Frühstück ist inzwischen beendet. Maxe und Mia können die weißen Schürzen abbinden und auch ihre Haare wieder durchkämmen. Tagsüber haben sie ihre rote Lockenmähne nämlich nicht hochgesteckt, dass machen sie nur zum Frühstück. Es ist 10:20 Uhr. Und endlich beginnt ihr Plan.

Als Erstes müssen sie Milly und ihre Mutter irgendwie an die Rezeption locken. Das haben sie sich schwierig vorgestellt, weil ihnen keine gute Ausrede eingefallen ist. Aber zu ihrer Verwunderung ist es Frau Leonhardt – die auch gerade als eine der Letzten den Frühstücksraum im Pavillon verlässt –, die zu Hein und Milly sagt: »Kommt mal mit an die Rezeption, ihr zwei, ich muss euch kurz etwas zeigen.«

Hein schaut verschwörerisch zu Mia und Maxe hinüber und zwinkert ihnen zu: Er weiß auch nicht, was seine Mutter dort will, aber umso besser für ihren Plan!

Und so kommen nach und nach alle an die Rezeption: Frau Leonhardt mit Milly und Hein, Sekunden später Mia, Maxe und Paule. Nur Emil ist nicht dabei. Der ist auf dem Dachboden, um den Plan der Hoteldetektive umzusetzen.

Oma Moll steht auch an der Rezeption. Um

diese Uhrzeit macht sie nämlich oft die Abrechnungen und verabschiedet abreisende Gäste. Sie ist ziemlich überrascht über den Andrang in der kleinen Eingangshalle.

Aber sie hat keine Zeit sich zu wundern, denn genau in diesem Augenblick hält auf dem Parkplatz ein Auto, das Auto von Herrn Leonhardt. Es ist ein Kombi mit einer großen Ladefläche hinten. Fast liebevoll schaut Herr Leonhardt in den Kofferraum und scheint jemandem darin etwas zuzuflüstern.

Mit wem spricht er da? Paule will schon hin. Was spielt sich da ab? Das Auto steht im Schatten. Aber Paule ist sich ziemlich sicher, dass sich da etwas bewegt ...

Jetzt kommt Herr Leonhardt ins Hotel. Frau Leonhardt zwinkert ihm aufgeregt zu. Es scheint bestes Einverständnis zwischen den beiden zu herrschen. Frau Leonhardt lächelt sogar, genau wie ihr Mann. Der gibt ein Zeichen, das könnte bedeuten: Alles in Ordnung, hat alles geklappt.

Was läuft hier eigentlich? Die drei Detektive sehen sich verwundert an. Irgendwas liegt in der Luft, das spüren sie – nur was? Egal, sie müssen jetzt dafür sorgen, dass ihr Plan klappt. Oder genau genommen müssen sie einfach nur abwarten …

Jetzt geht Herr Leonhardt wieder hinaus. Paule schaut ihm hinterher. Aber gleichzeitig beobachtet er auch den gläsernen Aufzug. Genau wie Mia und Maxe, deren Augen wie gebannt an den Lichtern der Anzeige hängen. Der Aufzug ist im obersten Stock. Nichts bewegt sich. Um 10:30 Uhr haben sie vereinbart. Und wirklich – um punkt halb elf geht das Licht des Aufzugs an. Das heißt, jemand muss den Aufzug irgendwo im Haus besteigen.

Genau zur gleichen Zeit nähert sich ein Schatten dem Haus. Mit halbem Ohr hören sie Herrn Leonhardts Stimme von draußen hereindringen: »Lauf! Komm! Schweinsgalopp.«

Da öffnet sich die Eingangstür und im selben Augenblick die Aufzugtür, und zwei Schweine rennen gleichzeitig los und aufeinander zu: Eins kommt aus dem Aufzug, eins durch den Eingang.

Hinter dem einen Schwein steigt Emil aus dem Aufzug und grinst bis über beide Ohren. Und hinter dem anderen Schwein steigt Herr Leon-

hardt die drei Treppenstufen hinauf, ebenfalls grinsend. Alle sind ziemlich verdutzt: Herr und Frau Leonhardt über das Schwein aus dem Aufzug; die vier Hoteldetektive und Hein über das Schwein vom Eingang; und Milly und Oma Moll über beide.
Aber die Schweine rennen ungerührt aufeinander zu, bleiben stehen. Stupsen sich mit den Schnauzen an. Grunzen zufrieden.
»Zilly!«, schreit Milly da und stürzt sich auf das Schwein, das aus dem Aufzug gekommen ist. Umarmt es und presst es an sich, überglücklich: »Zilly, ich dachte schon, du wärst tot!«
»Hein«, sagt Herr Leonhardt unterdessen, »das ist dein Schwein!« Und er zeigt auf das

Schwein, das durch die Eingangstür gekommen ist.
Hein steht da, verblüfft. Hein kann kein Wort sagen. Aber auf einmal löst auch er sich aus der Erstarrung. Rennt auf sein Schwein zu und legt den Arm um das Tier.
Hein mit Schwein.
Und Milly mit Zilly.
»Dürfte ich jetzt mal erfahren, was hier eigentlich gerade vorgeht?«, fragt Oma Moll streng. Aber sie lächelt dabei.
»Das wüssten wir auch mal gerne«, die vier Hoteldetektive sagen das wie aus einem Munde und sehen gespannt die Leonhardts an.
»Und wir auch!«, sagen die Leonhardts und sehen gespannt die Hoteldetektive an.
Oma Moll zieht die Augenbrauen hoch: »Also?«
»Also«, beginnt Emil, »gestern Abend waren wir noch mal auf dem Dachboden …«
»… und da haben wir doch tatsächlich in einem Schrank Zilly gefunden! Die hatte sich da ein richtiges Nest gebaut!«, fällt Paule ihm ins Wort.
»Die muss sich da in den letzten Tagen irgend-

wie versteckt haben«, sagt Mia und zwinkert Hein zu, der jetzt doch noch mal ein bisschen ängstlich geguckt hat. Aber die Hotelbande hält dicht!

»Na ja, und da haben wir ihr Wasser und was zu fressen gegeben, und weil es sowieso schon so spät war und wir euch richtig überraschen wollten, haben wir bis heute Morgen gewartet, haben Zilly oben in den Fahrstuhl gesetzt, und … na, den Rest wisst ihr ja!« Maxe lacht zufrieden in die Runde.

»Und das andere Schwein?«, fragt Oma Moll und sieht die Leonhardts an.

»Ja, also …«, Herr Leonhardt legt den Arm um seine Frau. »Wir wollten ein neues Schwein holen. Für euch beide, Hein, nicht nur für Milly. Und …«

»… und da ist euer Vater heute morgen ganz früh losgefahren, um ein Schwein aus dem gleichen Wurf zu holen, aus dem Zilly stammt«, unterbricht ihn Frau Leonhardt. Und schnell fügt sie hinzu: »Es tut mir leid, Hein, dass ich in letzter Zeit so streng mit dir war. Das mit den Schulnoten müssen wir zwar besser hinkriegen, aber jetzt sind erst mal Ferien!«

Alle sind ziemlich durcheinander – und sehr, sehr glücklich!
Oma Moll lässt Saft holen, Berliner und ein Glas Sekt für die Erwachsenen.
Da geht plötzlich das neue Schwein, das Hein-Schwein, zu einem vornehmen Herrn im dunklen Anzug, der gerade an die Rezeption gekommen ist, und pinkelt ihm vor lauter Aufregung ans Bein. Der Herr dreht sich um, als er merkt, dass es unten feucht wird, ist wütend, schreit und tobt. Alle lachen. Das ärgert ihn noch mehr. Da reißen sie sich zusammen, beißen sich auf die Lippen.
Das neue Schwein ist noch nicht stubenrein! Daran haben sie natürlich überhaupt nicht gedacht. Oma Moll entschuldigt sich bei dem Herrn, bietet an, dass der Anzug in die Reinigung kommt, auf Hotelkosten natürlich. Der Mann beruhigt sich und Oma Moll sagt feierlich: »Jetzt feiern wir Hein und Schwein und Milly und Zilly, und wir feiern die klugen Eltern und die noch klügeren Hotelbanden-Detektive, die das alles hier zusammengebracht haben!«
Da sehen sie auf einmal, dass die beiden

Schweine den Rest der Berliner, mindestens acht, von der Platte geschubst haben und damit Ball spielen und naschen. Die beiden stupsen die Berliner vor sich her, schnappen danach, futtern, grunzen, turteln.
»Bestimmt waren die vorher einsam«, meint Maxe.
»Ein Schwein allein kann einsam sein«, den Reim macht Emil.
»Ein Doppelschwein ist nie allein«, das sagt jetzt Hein.
Hein schaut stolz auf Schwein und Milly schaut stolz auf Zilly.
Und vor lauter Begeisterung und Aufregung machen beide Schweine noch eine große, gemeinsame Pfütze mitten in die Oma Moll'sche Hotelhalle.